KB061131

9
번
의

일

김혜진
장편소설

9번의 일

한겨레출판

사람을 온전히 담을 만큼 큰 직업은 없다

_ 스터즈 터클의《일》중에서

차례

1

그는 수리와 설치, 보수 업무를 담당하는 통신회사 현장팀에서 26년을 일했다.

그에겐 새끼 고양이처럼 연약하고 자그마하던 회사가 지금처럼 큰 기업으로 성장했다는 데에 비밀스러운 자부심과 동료 의식이 있었다. 그런 것들은 오랜 세월 아무도 모르게 그의 몸 어딘가에 새겨진 것 같았다.

여름이 끝나갈 무렵에 그는 부장의 호출을 받았다. 한달 전 새로 온 그 사람은 그보다 훨씬 나이가 어렸다. 그럼에도 그보다 현명하게 처신할 줄 아는 사람이었다. 필요한 말을 했고 괜찮다 싶을 정도의 예의와 배려를 보였으며 또 어느 순간엔 언제 그랬냐는 듯 냉정한 태도를 취할 줄 알았다.

일찍 오셨네요. 차 한잔하시죠. 커피 괜찮으세요?

먼저 와서 그를 기다리던 부장은 그렇게 묻고는 곧장 계산대 쪽으로 걸어갔다. 점심시간이 끝나가고 있었다. 일회용 컵을 들고 무리를 지어 가게를 나가는 사람들이 보였다. 그는 창 너머 도로를 지나는 차들과 이리저리 오가는 사람들의 모습을 눈으로 좇았다.

제법 가을이라고 할 만한 잘 마른 햇살이 정오의 거리 위에 환하게 펼쳐져 있었다.

생각을 하자. 생각을.

그는 혼잣말을 했다. 아무런 생각도 떠오르지 않았다. 그는 잔에 담긴 커피를 내려다보며 담담히 부장의 이야기를 들었다. 상대가 하는 말을 경청하는 것 외엔 할 수 있는 일이 없었다.

그에겐 아직 일어나지 않은 일을 예상하고 준비할 만한 시간이 주어진 적이 없었다. 오늘 해야 하는 일은 많았고 그걸 다 해내면 어김없이 하루가 끝났다. 그의 하루라는 건 처음부터 그의 능력과 노력, 수고에 맞게 잘려져 있는 것이었다. 무언가 말할 수 있다면 그는 겨우 그 정도의 이야기를 할 수 있었을 것이다.

그는 커피 한 모금을 오래 입안에 머금고 있었다. 따뜻한 기운이 가라앉으면 불에 탄 향이 났고 비로소 쓴맛이 감돌았다. 형편없는 커피라는 생각이 들었다. 부장은 창밖을 내다보며 이곳도 많이 달라졌다는 이야기를 했다. 새 건물이 지어지고 벤처 기업들이 건물을 임대해 사무실을 열고 국가에서 이곳을 벤처 특구로 지정한다는 소문이 2, 3년 전부터 파다하다는 말이었다.

그래요? 그렇군요.

그는 일부러 과장된 목소리를 냈다. 그러면서 이 순간 자신이 해야 할 말이 무엇인지 필사적으로 찾고 있었다. 그러나 그의 머릿속에서는 어디서부터 어떻게 요약해야 할지 알 수 없는 길고 긴 시간이 펼쳐지고 또 펼쳐지기만 했다. 펄럭거리며 자꾸만 펼쳐져서 어디를 짚고 읽어내야 할지 알 수 없었다.

이번에 퇴직금 받으시면 이 근처 어디 오피스텔 하나를 사셔도 좋을 겁니다. 임대 수익이 괜찮다더군요. 저도 회사 관두고 월세나 받으면서 살고 싶은 생각이 간절합니다만.

부장은 팔짱을 끼고 몸을 젖힌 채 미소를 지었다. 그럼에도 곤혹스럽고 불편한 기색은 다 감춰지지 않았다. 그것이 자신에 대한 최소한의 미안함이라고 그는 짐작했다.

그렇게 살 수 있으면 좋지요.

그는 부장의 말에 동의를 표하며 조금 웃어 보였다. 그러나 자신이 정확히 어떤 표정을 지었는지 확신할 수 없었다. 커피는 한 모금 정도 남아 있었다.

이번에 가시면 세 번째 교육입니다. 저도 어떻게 말씀드려야 할지 모르겠네요.

처음 저성과자로 분류되고 재교육 대상자가 되었을 때 그는 어쩌면 회사가 이런 방식으로 전체 직원들에게 경고를 보내는 것인지도 모른다고 생각했다. 두 번째 교육 대상자가 되고 나서는 모두 한두 번씩 겪는 일이라고 여겼다. 회사에 속한 사람이라면 누구나 한 번쯤은 견뎌야 하는 과정이라고 생각하려고 애썼다.

그리고 세 번째 교육 대상자가 된 것이었다. 그는 이 일을 어떤 의미로 받아들여야 하는지 판단할 수 없었다.

세 번째 교육 후에는 최종 평가서가 나온다는 걸 아실 겁니다. 평가 점수에 따라 업무 변경이 있을 수 있고 업무지가 바뀔 수 있다는 것도 아실 테고요.

이런 시기마다 본사에서는 팀원들과 일면식도 없는 부장을 내려보냈다. 지난해 8년간 함께 일했던 부장을 떠나보낸 뒤 그는 벌써 두 번째 부장을 마주하고 있는 거였다. 그래도 이번에 온 사람은 점잖고 예의 바른 편이었다. 공개적인 자리에서 무안을 주거나 눈치를 주는 일은 없었다. 개인사를 들먹이며 마음을 상하게 하지 않았고 약점을 쥐고 얄팍하게 굴지도 않았다. 부장은 원칙과 법규, 통계와 지표, 수익과 매출 같은 단어를 동원해 지금의 상황을 객관적으로 설명하려고 했고 성실과 수고, 희생과 감사처럼 긍정적이고 따뜻한 단어들로 그를 설득하려고 했다.

필요하다면 그는 사적인 이야기를 털어놓을 생각도 있었다.

몇 달 전 변두리에 다세대 건물을 매입했다는 이야기였다. 네 가구가 세 들어 사는 4층 건물이었고, 그는 은행에서 집값의 반 이상을 대출받고, 네 가구의 임대를 떠안는 조건으로 그 건물을 샀다. 그럼에도 아직 그 건물의 등기권리증도 제대로 살펴보지 못한 상태였다.

5년 뒤, 10년 뒤.

고등학생인 아들 준오가 대학을 졸업하면 지금 살고 있는 아파트를 처분하고 한적한 시골로 이사한 뒤, 그 건물에서 나오는 임대료로 느긋하게 생활하는 꿈이 그에겐 있었다. 그러니까 그때까지 대출금 이자와 원금을 성실히 갚아야 했다. 그게 아니라도 매달 빠져나가는 자동차 할부금과 연금, 보험료와 공과금, 준오의 학비와 들쭉날쭉한 경조

사비, 팔순이 넘은 양가 부모님의 병원비까지. 지출은 점점 늘고 계속 늘기만 했다. 말하자면 그는 누구나 겪는 경제적 어려움을 들먹이며 사정할 수도 있었다.

그러나 그건 그가 정말 하고 싶은 이야기가 아니었다. 그건 다만 그가 회사를 그만둘 수 없는 수많은 이유 가운데 하나일 뿐이었다. 부장은 그가 무슨 말을 할지 다 알고 있다는 듯 선을 그었다.

한 사람이 버티면 결국 다른 한 사람이 나가야 합니다. 말은 안 해도 다들 연장자가 자진해서 나가주길 바라고 있어요. 그게 가장 보기도 좋고요. 아시다시피 연차가 얼마 되지 않은 사람들은 조건이 그리 좋지가 않습니다.

동료들의 개인사라면 부장보다 그가 더 잘 알고 있었다. 불행하고 힘겨운 순서로 줄을 세우라면 그렇게 할 수도 있었다. 그는 테이블 위에 놓인 서류 쪽으로 시선을 돌렸다. 부장은 말이 없었다. 그 역시 적당한 말을 찾아내지 못했다. 침묵은 점점 길어졌고 두 사람 위로 무겁게 내려앉았다.

때마침 전화벨이 울렸고 부장은 기다렸다는 듯 자리에서 일어났다. 그런 다음 자신이 해야 할 말을 했다.

이만하면 나쁘지 않은 조건입니다. 마음을 정하시면 이번 달 안으로 말씀해주시면 됩니다. 빠르면 더 좋고요.

부장은 깍듯하게 인사를 한 뒤 돌아섰다. 부장이 카페 밖으로 나간 걸 확인한 뒤에야 그는 주의를 기울여 서류 세 장의 귀퉁이를 잘 맞춘 다음 반듯하게 접었다.

그것을 셔츠 안쪽 주머니에 넣고 나자 비로소 무슨 일이 일어났는지 알 것 같았다.

#

뭐가 겁이 나서.

그는 자신도 모르게 혼잣말을 하고 주변을 둘러보았다. 언젠가부터 생겨난 버릇이었다. 특히 무언가를 골똘히 생각할 때 그랬다.

퇴근 후 집에 돌아와 양말을 벗다가, 욕실에서 양치질을 하다가, 수염이 자라난 턱을 만지작거리다가 그는 나지막한 목소리로 무슨 말인가를 중얼거리곤 했다. 어두운 베란다에 비스듬히 상체를 기대고 서 있다가, 새벽녘에 전기포트 물이 데워지길 기다리다가 그는 혼잣말을 했다는 사실을 뒤늦게 알아차렸다.

응? 뭐라고 했어?

그러면 아내 해선은 이렇게 되물었다. 그러나 그런 일

이 계속 반복되자 나중엔 그러려니 여기는 눈치였다. 가끔씩은 그가 작정하고 묻는 말들도 혼잣말이려니 여기고 대꾸하지 않는 날들이 많았다. 그러면 그도 그러려니 하고 말았다. 그것이 서로에 대한 배려라는 데에 두 사람은 암묵적으로 동의하고 있었다. 서로의 말을 귀담아듣고 상대가 기대하는 반응을 보이고 대화라고 할 만한 걸 이어나가기엔 그도 해선도 고단했다. 아침에 일어나면 하루가 까마득하게 길다는 생각이 들었고 다시 잠이 들 무렵이면 하루가 또 이처럼 순식간에 지나버렸구나 하는 생각이 들었다. 하루는 손에 잡히지 않고 손바닥에 빗금을 그으며 획획 지나가버리고 마는 어떤 것이었다.

버스를 기다리는 동안 그는 그런 식으로 잠깐 아내를 떠올렸다. 마트에서 2교대로 근무하는 해선은 밤 10시가 넘어야 돌아올 거였다. 학교 수업이 끝나면 밤늦게까지 학원 수업을 듣는 아들 준오도 마찬가지였다.

멀리 사거리에 차들이 신호를 기다리며 줄지어 서 있었다. 공중에 매달린 붉은 신호등이 타들어가는 담뱃불처럼 보였다. 날이 저물고 있었다. 불그스름한 노을이 천천히 깔리는가 싶더니 이윽고 어둠이 내렸다. 멀리 본사 건물에 환하게 불이 들어와 있었다. 회사에서 너무 일찍 나왔다는 후회가 끈질기게 따라붙었다.

무슨 잘못이라도 저지른 사람처럼 도망치듯 나올 필요
는 없었다는 자책이 들었다. 그는 사람들로 붐비는 버스 두
대를 그냥 보냈다. 그런 다음 천천히 걷기 시작했다. 지하철
역까지 걷고 거기서 다시 어떻게 집으로 갈 것인지 고민해
볼 생각이었다.

까짓거 한 번 더 받으면 그만이지.

그는 또 혼잣말을 했다. 이번엔 목소리가 좀 컸는지 횡
단보도 앞에서 신호를 기다리던 사람들이 그를 돌아다보았
다. 그는 지하철역으로 가지 않고 길을 건넌 다음 인쇄소와
간판, 조명과 공구 업체들이 즐비한 골목까지 걸어갔다. 그
곳에 늘 가는 이발소가 있었다. 깡마른 이발사는 마치 그가
올 줄 알았다는 듯 조그마한 새시 문을 열어놓고 있다가 그
가 들어서자 반듯하게 몸을 일으키며 그를 맞아주었다.

오늘은 일찍 퇴근하신 모양입니다.

이발사는 선반에서 수건 한 장을 꺼냈다. 팡 하고 수건
이 팽팽하게 당겨지는 소리가 났고 새하얀 빛깔이 그의 시
선을 사로잡았다. 저렇게 희고 말끔한 수건 탓에 다른 곳으
로 가지 못하고 때가 되면 이끌리듯 이곳으로 오게 된다는
걸 이발사는 짐작하지 못할 거였다. 이발사의 솜씨는 특별

할 게 없었다. 대로변에 흔한 미용실을 찾으면 더 신속하고 만족스럽게 이발을 마칠 수 있을지도 몰랐다.

그는 움직일 때마다 끽끽 소리가 나는 의자에 등을 기대고 앉아 눈을 감았다. 거울에 비친 자신의 모습을 마주하고 싶지 않아서였다. 시트에서 삭은 먼지 냄새와 싸구려 스킨 냄새가 올라왔다. 이따금씩 말소리와 오토바이 소리 같은 것들이 열린 문 사이로 새어 들었다.

여기서 가게 하신 지 얼마나 되셨지요?

눈을 감은 채 그가 물었다. 이발이 거의 끝나가고 있을 때였다. 거울 옆 간이 세면대에서 손을 씻던 이발사는 열린 문을 닫고 돌아와 차분하게 대답했다.

글쎄요. 아마 40년이 다 되어갈 겁니다. 가만 보자. 선생님이 여기 이발하러 처음 오셨을 때가 거의 10년 전이지요. 아니. 15년이 되었나. 아니네요. 거의 20년이 다 돼가네요.

20년요. 벌써 그렇게 됐나요. 그렇네요.

그는 이발사의 말을 곱씹듯 중얼거렸다.

시간이야 금방 가니까요.

그렇지요. 시간이야 금방 가지요.

이번에도 그는 이발사의 말을 흉내 내듯 따라 했다.

무슨 말을 하고 싶었던 게 분명한데 다시금 무슨 말을 해야 할지 알 수 없는 기분이 들었다. 그는 부장이 해준 이야기를 앵무새처럼 반복했다. 새 건물들이 들어서고 사무실들이 들어오고 이 주변이 벤처 특구로 지정될 거라는 이야기였다.

예. 그렇다고 하더군요. 이 골목 세입자들도 걱정이 이만저만이 아니지요. 저 안쪽 골목은 가게들 다 나가고 이제 거의 비어 있어요.

그는 눈을 뜨고 머리카락을 매만지는 이발사를 잠깐 훔쳐보았다. 차분한 목소리와 예의 바른 태도 너머에 무엇이 있는지 궁금해서였다. 이 골목에서 일어나는 일들이 자신과 아무 상관 없는 일이라고 여기는 걸까. 그는 이 낡은 단층 건물의 주인일까. 그는 이발사와 그런 사적인 이야기를 나눠본 적이 없었다. 거울 속 이발사는 언제나처럼 진지한 표정으로 머리카락을 매만지고 쓸어보고 어딘가 미흡한 구석이 없는지 찾는 데에 몰두하고 있었다.

걱정이 많으시겠습니다.

그가 말했다. 이발사는 고개를 돌리고 마른기침을 한 뒤 대답했다.

여기서 애들 셋 키우고 시집 장가 다 보냈으니 이만큼

일한 것도 복이라면 복이지요. 이 건물도 늙고 저도 늙고 뭐 더 얼마나 일할까 싶다가도 여기가 사라진다고 생각하면 글쎄요. 마음이 그리 좋진 않지요.

그는 이발사가 권하는 대로 염색까지 마친 뒤 자리에서 일어났다. 깔끔하게 정리되고 새까맣게 물든 머리칼을 보니 한결 기분이 나았다.

살펴 가십시오.

이발사는 문을 열어주며 그를 배웅했다.

그는 담벼락에 나붙은 현수막과 통지서, 경고문 같은 것들을 찬찬히 훑어보며 골목을 빠져나왔다. 낡고 해져서 분명 오래전에 나붙었을 이것들을 왜 한 번도 보지 못한 걸까. 왜 무슨 일이든 자신에게 닥치고 나서야 보게 되고 듣게 되고 알게 되는 걸까. 그러나 그런 것들을 미리 안다고 해서 뭐가 달라질 수 있을까. 내일 다시 왔을 때 이발소가 완전히 뜯겨나가고 아이스크림 가게나 애견 카페가 생겼다고 해도 전혀 놀랄 일이 아니었다. 그런 일은 이제 언제 어디서나 늘 벌어지는 일이었다. 누구에게나 닥칠 수 있는 흔해빠진 일에 불과했다.

그래, 뭐. 별 대수로운 일도 아니지.

그는 스스로 다짐을 두듯 그렇게 중얼거리며 머리칼을

매만졌다. 진한 스킨 향이 났고 상쾌한 기분이 들었다. 어두운 하늘 위로 반짝이는 불빛이 나타났다. 비행기였다. 그는 고개를 들고 까마득히 높은 빌딩 꼭대기에서 깜빡이는 점멸등을 올려다보았다. 그러는 사이 비행기는 아주 조그마해져서 보이지 않게 되었다.

#

그 주 주말에 그의 장인이 다시 병원에 입원했다.

평생 목수로 살아온 그의 장인은 이미 한 번의 무릎 수술을 받았고 수술한 자리에 여러 번 염증이 발생하고 나서는 지팡이를 짚고도 제대로 걷지 못했다. 20대 초반에 결혼하고 거의 무일푼이나 다름없는 가계를 지금에 이르게 한 장인과 장모에 대한 존경이 그에겐 있었다. 두 딸을 키우기 위해 혹독하고 악착같이 살아왔을 텐데도 두 분은 억척스럽다거나 그악스러운 것과는 거리가 멀었다. 어렵고 고된 세월을 함께 헤쳐온 두 분은 성실과 겸손, 예의와 감사 같은 삶의 태도를 똑같이 배우고 나누어 가진 듯 보였다.

그는 열차 플랫폼에 서 있다가 휠체어를 타고 오는 장인을 보고 약간의 충격을 받았다. 겨우 몇 달 만에 장인의 몸은 내용물이 다 빠진 포장지처럼 구겨져 있었다.

아버지 입원하시면 다시 올라올게요. 잘 부탁드려요, 형부.

해선의 여동생 지선은 무거운 짐을 건네주듯 자신의 부모를 그에게 떠넘기다시피 하고는 곧장 되돌아갔다. 그가 장인이 탄 휠체어를 밀고 장모가 좁은 보폭으로 한두 걸음 뒤에서 그를 따라왔다. 이리저리 오가는 사람들을 피해 역사 로비를 미끄러지듯 나아가는 휠체어에는 무게가 거의 느껴지지 않았다.

시퍼렇게 멍 올라올 때 병원에 가보라니까. 이 양반은 만날 일을 이렇게 크게 만드네. 해선이도 바쁘고 지선이도지 일 하느라 정신이 없는데. 시도 때도 없이 오라 가라. 애들 보기 미안하지도 않아요, 그래.

장모는 휠체어에 앉은 장인에게 거듭 핀잔을 주었다.

괜찮습니다. 준오 엄마는 바로 병원으로 온다고 했어요. 식사는 하셨어요?

지팡이를 비스듬히 껴안은 채 휠체어에 기대어 앉은 장인은 말이 없었다. 언뜻 보면 잠이 든 것처럼 보였고 그 순간 그는 장인에게 쓸 만한 영정 사진이 있나 하는 생각을 했다. 그런 후엔 불길한 생각을 떨쳐내듯 스스로를 꾸짖으며 역사를 빠져나와 주차장까지 갔다.

　그는 장인을 들어 올리다시피 해서 뒷좌석에 태우고 휠체어를 접어 트렁크에 넣었다. 불편해 보이는 장인의 자세를 여러 번 고쳐주고, 장모가 옆자리에 타는 것까지 확인하고 나자 이마와 등줄기에서 땀이 흘렀다. 그는 시동을 걸기 전 운전대를 잡은 채로 크게 숨을 내쉬었다. 그러니까 그런 사소한 행동이 장인 내외를 불편하게 했을지도 모른다는 생각은 나중에 들었다. 차들로 몹시 붐비는 구간을 간신히 빠져나왔을 때 장모가 말했다.

　우리 때문에 자네가 고생이 많네. 늙어서 아픈 게 뭐 대수라고 번번이 사람을 오라 가라 하고 말이지.

　마침 차선을 바꾸는 데 신경이 팔려 있던 그는 아무런 대꾸를 하지 못했다. 무슨 말을 해야지 생각했지만 시도 때도 없이 끼어들고, 상향등을 번쩍이며 위협적으로 구는 차들이 그의 신경을 자꾸만 곤두서게 했다.

　장모는 말없이 창밖을 내다보다가 다시 물었다. 이번엔 준오에 대한 이야기였고 준오에 대해서라면 그는 아는 것이 별로 없었다. 이렇게 아는 게 없었나 싶을 정도여서 그는 간략하게 답했고 그러고 나자 다시금 말이 끊겼다.

　어색함이 감돌기 시작했다. 백미러 속 두 노인의 표정

에서도 그런 기색이 점점 더 또렷해지는 것을 확인할 수 있었다.

그들 부부는 준오가 아주 어렸을 때부터 맞벌이를 했다. 준오를 자주 처가에 맡겼고 아이가 초등학교에 입학하고 나서는 장모(장인과 함께 다녀갈 때도 있었다)가 사나흘에 한 번씩 그들 부부의 집을 오갔다. 준오는 그들 부부가 어렵게 얻은 아이였고 잔병치레가 잦았다. 그것이 늘 장인 내외의 마음을 조마조마하게 했다. 시외버스를 타면 두 시간 남짓 거리. 집에서 버스 정류장까지 걷고, 터미널에서 시외버스를 기다리고, 아파트 단지 입구에서부터 그들 부부의 집까지 걸어오는 두 노인의 모습을 그는 상상해보았다. 그 길이 저 두 분에게 남은 젊음이라 할 만한 것들을 모두 앗아가버렸구나. 그는 생각했다. 그러니까 그 순간은 그런 지난 시절에 대한 고마움을 표현할 만한 더없이 좋은 기회인지도 몰랐다. 그의 말 한마디가 자식들에게 불편을 끼치고 있다는 생각에 사로잡혀서 점점 주눅이 들고 있는 두 노인의 마음을 조금 일으켜 세울 수 있을지도 몰랐다.

이제 거의 다 왔어요. 괜찮으세요?

그러나 멀리 병원 건물이 보일 즈음에야 그는 그렇게만 묻고 말았다.

괜찮아. 신경 쓸 거 없네.

백미러 속에서 작은 새처럼 웅크리고 앉은 장인이 찌푸린 표정으로 대답했다. 그는 핸들을 꺾어 곧장 병원 주차장으로 진입했다. 그리고 그 순간 차체가 가볍게 덜컹거렸다. 그는 반사적으로 차를 세웠고 백미러와 사이드미러를 주시했다. 그러나 어디에서도 이상한 낌새를 확인할 수 없었다. 그는 차체가 낮은 자신의 차가 방지턱 같은 것에 걸린 거라고 생각했다. 대수롭지 않은 일이라고 여겼고 그대로 지나치려고 했다.

그래도 내려서 한번 보게. 혹시 모르잖나. 뭐든 확실하게 해야지.

장인이 그렇게 말하지 않았다면 곧장 주차장으로 진입했을 것이다.

잠깐 계세요.

그는 뒷좌석에 앉은 장인 내외를 살펴보고는 밖으로 나왔다. 차 뒤편에 헬멧을 쓴 사람이 주저앉아 있었다. 쓰러진 오토바이 옆에 플라스틱 배달 상자가 엎어져 있고, 일회용 컵과 그릇, 엎질러진 음료와 소스, 양상추와 토마토, 빵과 패티 같은 것들이 흩어져 있었다.

이봐요. 괜찮아요? 무슨 일이에요?

그는 쓰러진 사람에게 다가가며 물었다. 오가던 사람들의 시선이 집중되고 있었다. 손차양을 하고 찌푸린 표정으로 이쪽을 주시하는 사람도 여럿이었다. 길바닥에 주저앉아 있던 그 사람은 느릿느릿 헬멧을 벗었다. 고등학생이라고 해도 믿을 정도로 앳된 얼굴이었다. 청년은 엉망이 된 이 상황을 어떻게 해야 할지 모르겠다는 얼굴로 그와 눈을 맞췄다.

일어날 수 있어요? 어디 다친 데 없어요?

아, 배달 통이 갑자기 떨어지는 바람에. 저는 괜찮은데요. 아, 근데, 아, 씨, 망했네.

청년은 그렇게 중얼거리며 몸을 일으켰고, 옷에 묻은 흙먼지를 털어낸 다음, 쓰러진 오토바이를 세우려고 했다. 그는 청년을 도와 오토바이를 반듯하게 세우고 플라스틱 배달 통을 집어 들었다.

왼쪽 뒤 범퍼에 긁힌 자국이 남아 있었다. 눈에 띌 정도로 심한 건 아니었지만 검은 차체 위에 칠이 벗겨진 하얀 자국이 도드라지긴 했다. 그는 긁힌 자국을 매만져보고는 말없이 지갑을 꺼냈다. 잘잘못을 가리고 책임과 보상을 요구할 마음은 없었다. 운전 습관과 주의력, 조심성 따위를 운운하며 훈계를 늘어놓고 싶은 마음도 없었다.

벨트 하고 계세요. 곧 가요.

그는 창밖으로 고개를 빼고 금방이라도 밖으로 나올 것 같은 장모를 향해 말했다. 그런 후에 청년에게 5만 원권 두 장을 내밀었고 청년은 곧장 그것을 받았다.

그래도 다치지 않아서 다행이네. 혹시 모르니 병원에는 꼭 가봐요. 당장은 괜찮아 보여도 모르는 거니까.

주차장 진입로는 일방통행이고 이륜차의 진입이 금지되어 있다는 건 말하지 않았다. 인도와 도로를 넘나드는 곡예 운전이 위험하다는 이야기도 하지 않았다. 그의 탓이 아니라는 건 청년이 더 잘 알 거라고 생각해서였다. 청년은 돈을 챙긴 뒤 화단 앞에 쪼그리고 앉아서 어디론가 전화를 거는 듯했다. 그게 그가 마지막으로 본 청년의 모습이었다. 장인을 다시 휠체어에 옮겨 싣고 장모와 함께 병원 접수처까지 이동하는 동안 청년에 대한 일은 까맣게 잊어버렸다.

해선은 그가 접수처에서 번호표를 뽑고 순서를 기다릴 때 왔다. 장인의 헐렁한 바지를 걷어 올려 살이라고는 거의 없는 앙상한 무릎을 살피고 장모와 안부를 주고받는 아내의 모습을 그는 말없이 지켜보았다.

당신 괜찮아? 바쁘면 먼저 가.

해선이 말하면 그는 더디게 번호가 바뀌는 접수창구 상

황판을 내다보며 간단히 고개를 저었다. 이상하게도 점점 기분이 가라앉았다. 그조차도 자신의 기분이 왜 이토록 빠르게 가라앉는지 알 수 없었다. 피로감과 고단함 때문일지도 몰랐다. 병원이라는 공간이 주는 우울감이나 불안감 때문일 수도 있었다. 마침내 차례가 되고 입원 접수를 하고 접수처 담당자에게 원무과에 납부할 접수비와 입원비 내역서를 건네받았을 때에야 그는 자신이 내내 이 순간을 기다리고 있었다는 걸 알 수 있었다.

그는 원무과로 가서 내야 할 비용을 모두 신용카드로 계산한 다음 해선과 장인 내외에게 간단히 인사를 하고 병원을 나왔다.

#

9월의 마지막 주 월요일이 되어서야 그는 한 번 더 재교육을 받겠다는 의사를 밝혔다.

며칠 더 생각해보셔도 됩니다.

부장은 서류 두 장을 내밀며 그렇게 물었다. 그러나 그가 회사의 퇴직 제안을 거절했다는 확인서에 서명을 하고, 재교육에 성실히 참여할 것과 결과에 이의를 제기하지 않겠다는 동의서에 서명을 하자 입을 다물어버렸다.

　그사이 장인의 병원비와 간병비 문제로 해선과 몇 차례 다툼이 있었다. 해선이 그의 내면에 자리한 불안을 예민하게 알아차렸기 때문이다. 그는 늙은 부모를 돌봐야 하는 책임을 왜 우리 부부가 모두 떠안아야 하느냐며 처제 지선의 이름을 입에 올렸고 매번 이 모든 것을 당연하게 여기는 장인 내외의 말과 태도를 문제 삼았다.

　아프시잖아. 나이 들면 아픈 게 당연한데 왜 그래. 지선이 사는 데는 수술할 만한 병원이 없잖아. 이왕이면 큰 병원에서 수술하는 게 좋다고 한 건 당신이야.

　해선은 부드러운 말투로 그를 달래려고 했다. 그와 눈을 맞추며 그의 기분이나 심정 같은 것을 헤아려보려고 노력하는 듯했다. 그러나 그가 구체적인 액수를 입에 올리자 표정이 굳어졌고 아무런 감정이 실리지 않은 목소리로 되물었다.

　이 집 장만할 때 우리 아버지가 도와준 건 생각 안 해? 그때 아버지가 어떻게 해줬는지 다 잊어버렸어? 아직 수술할지 말지도 결정 못 했어. 수술한다고 해도 수술비가 뭐 얼마나 나오겠어. 아파서 잠도 제대로 못 주무신다잖아. 도대체 왜 그래?

장인이 살던 주택을 처분하고 작은 빌라로 이사한 뒤 최소한의 생활비 정도만 남기고 그들 부부에게 목돈을 마련해준 게 10년 전이었다. 여전히 장인이 일을 하고 있을 때였고 그는 거듭 거절하다가 그 돈을 받았다. 앞으로 두 분 생활을 책임지겠다는 결심과 각오가 있었고 그 마음에는 변함이 없었다. 해선이 말한 것처럼 병원비가 아주 많이 나온 것도 아니었다. 그럼에도 자신이 왜 이토록 사소한 것에 마음을 쓰고 옹졸하게 굴게 되는지 알 수 없었다.

세부적인 교육 일정은 금요일에 공지됐다.

그에겐 10월부터 다른 지역 PIP 센터로 출근하라는 지시가 떨어졌다. 출퇴근에만 세 시간이 넘게 걸리는 거리였다. 그는 부장에게 조금 더 가까운 센터로 옮겨달라고 부탁할 생각이었다. 외근 중이라던 부장은 퇴근 시각이 한참 더 지나고 나서야 바로 퇴근한다는 메시지를 남겼다. 그런 식으로 거절 의사를 분명히 한 거였다.

밖으로 나왔을 땐 오후 8시가 좀 지난 시각이었다.

그는 곧장 집으로 가지 않고 동료들과 어울렸다. 다 같이 모여 앉아 고기를 굽고 생선 살을 씹고 차가운 술을 마시는 건 특별하지도 않은 일이었다. 그러나 다들 말이 없었다. 입을 열면 약속이나 한 듯 서로에게 아무런 흔적도 남기지 않고 누구의 주의도 끌지 않을 말들만 했다.

대화는 무능한 정치인에 대한 분노와 세간의 주목을 끌 만한 사건·사고, 젊은 사람들에 대한 불신과 지나버린 시절에 대한 향수 사이를 느리게 오갔다. 이야기의 온도는 내내 뜨겁지도 차갑지도 않고 적당하다 싶은 수준에 머물렀다.

사람들이 하나둘 자리를 뜨고 서너 사람 정도가 남게 되자 더 이상 어떤 화제도 긴 대화로 이어지지 않았다. 모두 더 말할 기분이 아니라는 얼굴로 술잔을 내려다보며 입을 다물고 있었다. 그 순간엔 서로가 무슨 생각을 하는지 너무나 정확히 들여다보였다.

일어나야지. 그만 가야지.

그렇게 생각하면서도 그는 계속 자리를 지키고 있었다.

누군가 다른 부서에서 몇 사람 더 나가기로 했다는 말을 꺼냈다. 이만하면 퇴사 조건으로 나쁘지 않다는 말이 나왔고 이야기는 아주 먼 쪽에서부터 성큼성큼 그들 내부로 걸어 들어왔다. 그러는 동안에도 그는 잠자코 술잔을 비웠다. 취기가 오르고 희미하게 흩어져 있던 감정들이 뜨겁고 뾰족하게 살아났다. 그건 외부를 향한 분노라기보다는 자신의 무능함과 미련스러움에 대한 자책이었다.

한동안 그는 형편없는 자신의 모습을 들여다보는 데에 골몰했다.

동료들이 주고받는 이야기가 자신을 겨냥하고 있다는 사실은 한참 만에 알았다. 누군가 잔을 탁 소리 나게 내려놓고 일어났을 때였다. 원망과 분노가 뒤섞인 붉은 얼굴 하나가 그를 내려다보고 있었다. 호석이었다. 때마침 종업원이 주문한 아귀찜을 내왔다. 수북하게 쌓인 콩나물에서 매콤하고 더운 김이 솟아올랐다.

진짜 너무하십니다. 오늘 누가 사인했는지 진짜 모른다고 하실 겁니까?

제멋대로 뭉개진 발음이었다. 그는 손을 들어 그만 앉으라는 손짓을 했다.

앉아. 앉아서 이야기하지.

정말 이럴 수 있으세요? 정 선배 어떤 상황인지 다 알면서. 진짜 너무하네. 이러실 줄은 몰랐습니다. 정말 이렇게까지 하실 줄은 몰랐다고요.

호석은 팀의 막내였고 그보다 열 살이 어렸다. 좀처럼 감정을 숨기지 못하는 편이어서 사소한 일에서도 금세 부당함을 찾아냈고 항의를 할 땐 거침이 없었다. 그래서 늘 다른 직원들에 비해 낮은 대우와 가혹한 징계를 받았다.

왜 이러나. 앉아. 앉아서 이야기해.

그는 다시금 앉으라고 손짓했다.

사람들의 말소리와 텔레비전 소리가 꺼진 듯 딱 그쳤다. 식당 안 사람들의 눈과 귀가 그들 테이블로 집중되고 있었다. 그도 할 말이 없는 건 아니었다. 호석이 말하는 정 선배, 윤재의 사정이라면 모르는 바가 아니었고, 자신의 상황을 설명할 마음도 있었다.

진짜 너무하네. 이건 정말 심하잖아요. 다른 사람들 생각도 좀 해주셔야 하는 거 아닙니까? 솔직히 여기 당장 회사 나가도 문제없는 사람이 몇이나 있어요? 누구처럼 아픈 새끼 병원비 대는 것도 아니고, 외벌이도 아니고. 둘씩 셋씩 애 키우는 사람들도 다 나갔습니다. 다 나갔다고요.

회사를 그만두지 못하는 이유가 다만 경제적 어려움 하나뿐이라고 생각하는지, 26년간 회사와 자신을 이어주던 게 겨우 얄팍한 월급 통장 하나뿐이라고 여기는지 그는 되묻고 싶었다.

그는 말을 아꼈다.

그런 식으로 자신의 침묵이 상대의 화를 키우도록 내버려두었다. 어차피 호석의 분노는 자신을 향한 것이 아니었다. 그가 그렇듯 호석도 자신이 감당할 수 없는 감정들이 갑자기 밖으로 흘러넘친 것뿐이었다. 그는 울분에 휩싸여 아무 말이나 지껄이는 호석보다 침묵을 지키는 다른 동료들에게 더 큰 서운함을 느꼈다.

다 같이 죽어라 버티면 다 같이 죽자는 거지, 맞잖아요?

호석의 건들거리는 몸이 테이블 위의 유리컵을 쓰러뜨렸다. 숟가락과 젓가락, 플라스틱 그릇 같은 것들이 바닥으로 떨어지며 요란한 소리를 냈다.

다음에 이야기하지. 오늘 많이 취했네.

그는 그렇게 말한 뒤 일어섰다. 그런 다음 호석의 어깨를 가볍게 토닥여준 뒤 계산을 마치고 식당을 빠져나왔다. 뒤늦게 점퍼를 가져오지 않은 사실을 깨달았지만 되돌아가지 않았다. 그는 술집이 즐비한 거리를 지나치고 택시가 줄지어 선 도로를 따라 걸었다.

당혹스러움이 가셨고 동료들에 대한 서운함도 옅어졌다. 마지막까지 남은 건 자신에 대한 의구심과 자괴감 따위의 감정이었다. 직장을 다니는 동안 그는 누구에게도 이런 원색적인 비난을 들어본 적이 없었다. 서운함과 불편함은 하루나 이틀이 지나면 저절로 사라졌다. 그는 믿을 만한 동료들과 일했고 동료들은 그를 믿었다. 믿음은 하루가 가고,

계절이 쌓이고, 서로의 표정과 목소리에 익숙해지고, 버릇과 습관 같은 것들에 길들여지고. 그런 지루하고 지난한 과정을 수없이 반복하고 난 다음 생겨나는 것이었다. 그는 그토록 어렵게 생겨난 것들이 이처럼 쉽게 망가질 수 있다는 게 놀라웠다.

그럼에도 집으로 돌아오는 동안 어떤 결심도 다짐도 하지 못했다.

#

PIP 교육센터는 집에서 차로 두 시간 거리였다.

그는 기상 시간을 두 시간 앞당겼다. 새벽 5시에 알람을 맞춰 놓으면 10분이나 15분 전에 눈이 뜨였다. 그는 어둠에 적응될 때까지 눈을 깜빡이며 방 안을 둘러보다가 몸을 일으키고 출근 준비를 서둘렀다.

이렇게 일찍 가? 지금 몇 시야?

처음 며칠간 힘겹게 잠을 물리치고 그를 배웅하던 해선은 사흘이 지나자 더 이상 아무런 질문도 하지 않았다. 방문을 닫고 나올 때 그는 미간을 찌푸리고 잠든 아내의 모습을 볼 수 있을 뿐이었다.

그는 주차장 입구에서 담배를 한 대 피우고 곧장 차가 있는 곳으로 걸어갔다. 그 차는 내내 중고차만 몰고 다니던 그가 3년 전 큰마음을 먹고 구입한 새 차였다. 당시에는 이 정도 차를 몰고 다닐 자격과 능력이 된다고 생각했다. 그리고 이제 그 생각이 얼마나 깨지기 쉬웠는지를 깨닫는 중이었다. 그는 새벽녘 어스름 속에서 삐뚜름한 와이퍼를 세우고, 차창에 달라붙은 나뭇잎과 전단지 같은 것들을 골라낸 뒤 시동을 걸었다. 도로는 푸르스름한 새벽의 고요와 적막으로 가득했다. 아침은 그것들을 흐트러뜨리고 무너뜨리며 천천히 돌진해왔다. 가끔은 아침이 오고 있는 게 아니라 자신이 아침 쪽으로 달려간다는 착각이 들었다.

호석이 그만두었다는 것은 며칠이 지난 뒤에 알았다.

구내식당에서 점심을 먹을 때였다. 첫 끼였고 심한 허기를 느꼈음에도 그는 매번 식판을 다 비우지 못했다. 음식들은 대체로 짜거나 맵거나 조미료 냄새가 강했다. 그게 아니라도 교육센터에 있는 동안엔 내내 속이 더부룩하고 갑갑해서 뭔가를 씹고 삼키는 게 어려웠다.

퇴사 조건이 마음에 들었던 모양이죠, 뭐.

그가 말이 없자 동료 하나가 위로하듯 중얼거렸다.

교육 인원은 백 명이 훨씬 넘었다. 같은 부서의 팀원들을 멀리 떼어놓은 탓에 누가 몇 조에 속해 있는지조차 알 수 없었다. 호석과는 교육이 시작된 첫날, 조회를 하던 강당에서 딱 한 번 마주쳤을 뿐이다. 호석은 눈길을 피한 채 고개만 까닥하고 그를 지나쳐 갔다.

호석이야 아직 마흔둘인데요. 뭐든 하겠죠.

동료가 한마디 더 했다.

미안한 마음이 옅어지자 일곱 명의 팀원 중 두 명이 자진해서 나갔으니 당분간은 잠잠하겠구나 하는 안도감이 차올랐다. 그러나 남은 사람들로 다섯씩, 여섯씩 팀을 꾸린 후에는 얼마 안 가 넷이나 셋으로 만드는 프로그램이 또 시작될 거였다.

다음 주가 벌써 추석이네요. 교육도 이번 주 안에는 끝난다더군요.

그는 상대방의 말을 듣는 둥 마는 둥 하고 나와 건물 뒤편에서 담배를 피웠다. 녹슨 자전거 주변을 어슬렁거리던 고양이 몇 마리가 놀란 듯 달아났다. 그는 전화기를 만지작거리며 전화번호부를 뒤적거렸다. 다른 부서로 이동했거나 오래전 회사를 그만둔 동료들의 이름을 볼 때마다 그들을 거의 잊고 지냈다는 사실이 새삼스럽고 놀랍게 느껴졌다. 한참 만에 호석에게 전화를 걸었지만 통화는 되지 않았다.

그는 짧게 메시지를 남겼다. 소식을 늦게 전해 들었다는 말과 건강을 잘 챙기라는 이야기였다.

답장은 오지 않았다.

그래. 아직 젊으니까 뭐든 하겠지. 할 수 있지.

그는 혼잣말을 했다. 그러면서 자신이 어떻게 할 수 없는 일이고 신경 쓸 만한 일이 아니라고 스스로를 다독였다. 처음 있는 일도 아니었다. 그러나 이런 일이 생길 때마다 왜 비슷한 후회를 하고 자신을 탓하게 되는지 알 수 없었다.

8분 늦으셨습니다. 명찰은 반드시 패용하십시오.

지하 강당으로 되돌아왔을 때 문 앞을 서성이던 감독관이 그를 불러 세웠다. 그는 주머니에 넣어둔 명찰을 목에 걸었다. 관리자는 그의 이름과 부서, 지위를 확인하고 출입 기록부를 내밀었다. 시각을 정확히 기입하고 나서야 그는 강당 안으로 들어왔다.

《불황의 경제학》,《자유와 행복에 이르는 길》,《성공하는 대화법》,《지구화 시대의 네트워킹》.

읽어야 할 책은 아직 네 권이나 더 남아 있었다.

책을 펼쳤지만 내용은 머릿속에서 말끔히 지워지고 없었다. 그는 첫 페이지로 되돌아가 읽기 시작했다. 비로소 줄

거리가 떠오를 만하면 다시금 중요한 부분을 놓친 것 같았고 페이지를 뒤적이다 보면 어느새 또 초반부로 되돌아와 있었다.

그는 종이 위에 자신을 질책하듯 늘어선 글자들과 씨름했다.

고개를 숙이면 그늘이 지고 뭔가를 읽고 쓰는 게 어려웠다. 그는 눈을 가늘게 뜬 채 볼펜을 쥔 손에 힘을 주고 또박또박 보고서를 작성했다. 말이 보고서지 중고등 학생들이 쓰는 독후감과 다를 바가 없었다. 부장의 말대로 벌써 세 번째 교육이었지만 아직도 적응하지 못했다는 생각이 들었다. 무디고 둔해서 어떤 식으로든 민첩하게 처신하지 못하는 스스로가 한심했다. 무엇을 어떻게 써야 통과가 되는지, 높은 점수를 받을 수 있는지, 지금껏 아무 요령도 터득하지 못한 자신이 딱했다. 어쩌면 그런 자신의 모습을 내내 똑바로 보고 있어야 하는 것이 이 교육의 핵심인지도 몰랐다.

그런 의미에서 그는 충실히 교육에 임하고 있는 셈이었다.

그가 보고서를 제출했을 때 관리자는 그럴 줄 알았다는 듯 분량이 모자란다고 말했다.

글자가 너무 크네요. 분량도 반 정도밖에 안 되고요.

그는 숙제를 제대로 해오지 못한 학생처럼 우두커니 서있다가 아무런 검토도 받지 못한 보고서를 받아 들고 자리로 되돌아왔다. 접이식 테이블을 펼치고 자신이 쓴 보고서를 몇 번이고 다시 읽었지만 무엇을 더 써야 하는지, 무엇을 더 쓸 수 있을지 알 수 없었다. 제시간에 퇴근을 허락받은 사람은 서넛뿐이었다. 남은 사람들은 그와 마찬가지로 어쩔 줄 모르는 표정을 하고 책을 뒤적이거나 자신이 쓴 보고서를 내려다보며 구부정한 뒷모습을 내보이고 있었다.

교육이 진행되는 3주간 그는 자정이 넘어서 귀가했고 새벽 늦게까지 보고서 쓰는 일에 매달려야 했다. 밤을 거의 지새우다시피 하고 제출한 보고서들은 대부분 통과되지 못했다. 관리자는 사무적인 목소리로 단순히 줄거리를 요약하는 게 아니라 현재 자신의 상황에 대한 반성과 미래에 대한 비전을 제시해야 한다고 충고했다.

그는 거의 최하위라고 할 만한 점수로 교육을 마쳤다. 그사이 일곱 명이었던 팀은 다섯으로 줄었고 곧 혁신적인 인사이동이 있을 거라는 예고가 떨어졌다.

10년 전, 20년 전을 생각하시면 곤란합니다. 전화니 인터넷이니 무조건 땅 파서 설치만 하면 되던 호황기가 오래

전에 끝났다는 건 다들 아실 테고요. 이런 일이 저희 회사만의 일이 아니라는 것도 잘 아실 거라고 생각합니다. 어쨌든 조건은 점점 더 나빠질 거예요. 어려우시겠지만 다들 현명하게 결단을 내려주셨으면 합니다.

명절 연휴를 앞둔 종무식에서 부장은 굳은 표정으로 팀원들에게 짧게 인사했다.

그것은 어떤 경고나 협박처럼 들렸고 마치 자신을 겨냥한 것처럼 여겨졌다. 그럼에도 그 순간이 지나자 거짓말처럼 또 얼마간 시간을 벌었다는 생각이 그를 안도하게 했다.

\#

종무식이 끝난 뒤 그는 동료들과 늦은 점심을 먹었다.

회사 뒤편에 자주 가는 슈퍼가 있었다. 주인은 그들을 위해 두 개의 테이블을 맞붙여주었다. 그건 대형 케이블을 감는 둥글고 거대한 나무 휠이었다. 회사에서 폐기물로 처리되었을 게 분명한 나무 휠의 표면은 이제 손때가 묻어 매끄러워지고 윤이 날 정도였다. 동료 하나가 소주 두 병과 컵라면, 전자레인지에 데운 두부 두 모를 가져왔다.

분노와 울분은 이상한 모습으로 튀어나왔다. 그는 동료

들과 교육과정 중에 읽은 책의 목록을 경쟁하듯 늘어놓고 관리자와 담당자의 말투를 우스꽝스럽게 흉내 냈다. 새파랗게 젊은 그 애들이 계약직인지 파견직인지 내기를 하고 호기롭게 지폐 몇 장을 꺼내고 그 돈으로 술을 더 사 왔다. 그럼에도 그만둔 사람들의 안부나 근황을 입에 올리는 사람은 없었다.

그는 싸구려 샴푸와 치약이 담긴 선물 세트를 들고 귀가했다. 계단을 오르다가, 개찰구를 통과하다가, 커다란 노선도를 올려다보다가 그는 자신이 너무 많은 말을 했던 게 아닌가 하고 자꾸 돌이켜보게 됐다.

누가 그 말을 했더라.

말의 주인을 추적하고 자신이 무슨 대답을 했는지 기억해내려고 애썼다. 신경 쓸 필요가 없다는 생각이 들었고 그럴수록 더 집요하게 어떤 장면들에 매달렸다. 구두에서 악취가 났다. 거리에 떨어진 은행 열매를 생각 없이 밟고 다닌 탓이었다. 그는 현관에 쪼그리고 앉아 더러운 구두 바닥을 닦아냈다. 여기저기 흠집이 나고 볼이 넓어진 구두는 한눈에 봐도 볼품이 없었다. 그는 현관 앞에 쪼그리고 앉은 채 요리조리 구두를 살펴보며 이걸 신고 고향에 가도 괜찮을까 가늠해봤다. 그러면서 또 어느새 동료들과 주고받은 대화를 떠올리고 있었다.

이튿날 그는 그 구두를 신고 고향 집을 찾았다.

고향 집은 차로 세 시간 거리였다. 차에서 타고 내릴 때마다 그는 습관처럼 구두를 우두커니 내려다봤다. 아무래도 새로 하나 사 신는 게 나았을까 하는 생각이 들었고 이런 것에까지 신경 쓰는 자신이 정말 곤두서 있는 게 아닌가 하는 의문이 들었다.

그의 어머니가 홀로 사는 고향 집에는 형 내외와 조카 상호가 먼저 와 있었다. 그의 차가 앞마당으로 진입하자 창고 근처를 기웃거리던 강아지 두 마리가 달려 나왔다. 그는 조수석에서 선물 세트 꾸러미를 꺼낸 뒤 달려드는 강아지들을 부드럽게 쓰다듬어주었다.

오셨어요?

마당 한쪽에서 장독을 씻던 그의 형수가 그를 맞아주었다.

지난 계절 수리를 시작한 고향 집은 몰라보게 달라져 있었다. 멀리서 보면 기와지붕과 서까래가 그대로 남아 있었지만 흙벽을 보수하고, 이중창을 달고, 페인트칠을 새로 해서 전체적으로 넓어진 느낌이었다. 타일을 붙이고 턱을 높인 수돗가도, 벽돌을 쌓아 경계를 만든 텃밭 주변도, 평평하고 반듯하게 다진 마당도 말끔하고 깨끗했다.

새집 같네요.

그죠? 싱크대하고 화장실은 아직 그대로예요. 작은 방이랑 창고도 엉망이고요. 자갈 사놓은 것도 그대로 있어요.

자갈이야 뭐 하루 날 잡아서 깔면 되죠.

그는 제자리에서 발을 구르며 신발을 털고 집 안으로 들어섰다. 실내엔 가구 냄새와 벽지 냄새, 덜 마른 풀 냄새 같은 것들이 고여 있었다.

오냐? 준오하고 준오 엄마는 어쩌고 혼자야.

그의 어머니가 기침을 하며 걸어 나왔다. 몇 달 만에 다시 보는 어머니는 또 한 뼘쯤 작아져 있었다. 성긴 백발 사이로 허연 머리통이 내려다보였다.

장인어른 때문에 집사람 바쁘잖아요. 준오도 공부한다고 정신없고. 뭐, 때마다 온 식구가 왔다 갔다 할 거 뭐 있어요. 저만 오면 되지.

그는 어머니의 기침이 끝날 때까지 기다렸다가 그렇게 답했다. 몇 년 전 만성 기관지염 진단을 받고 나서부터 어머니는 잔기침을 달고 살았다. 약을 먹으면 며칠 차도를 보였지만 그때뿐이었다.

그래도 같이 오면 좀 좋냐. 1년에 겨우 두 번 보는데 그것도 못 해, 그래.

해선은 흙벽으로 지은 이 집에 머무는 걸 못 견뎌 했다. 무엇보다 화장실에 가려면 밖으로 나가 마당을 가로질러야 했다. 그러나 아내가 오지 않은 건 그런 것 때문이 아니었다. 해선은 거의 평일 두 배에 달하는 명절 수당을 포기하지 못했다. 그게 아니라도 장모와 교대로 입원 중인 장인을 돌봐야 했다. 몸이 쇠약한 장인의 무릎 수술은 두 번이나 미뤄진 상태였다.

　　어머니와 형 내외, 조카 상호까지. 다섯 사람이 둘러앉자 좁은 마루가 꽉 찼다. 마당이 내다보이는 통창을 열자 선선한 바람이 들어왔다.

　　일하랴, 아버지 간병하랴, 제수씨도 정신없겠지. 그래도 명절이니까 다 같이 얼굴 보고 하는 거 아니냐. 다음엔 준오라도 꼭 데리고 와라. 차례 지내는 것도 보고 해야지. 다 같이 모였을 때 이것저것 배울 게 많은 법이다.

　　그가 무슨 말을 더 보태려고 하자 형이 말했다. 그 말은 마치 명절에까지 아내를 일터로 내몰고 있다는 힐난처럼 들렸다. 그는 마른침을 삼키며 다른 쪽으로 시선을 돌렸다. 여기저기 아직 수리가 되지 않은 집 안 곳곳의 모습이 도드라졌다. 지난봄 어머니가 사는 집을 수리하자는 말은 그가 꺼낸 것이었고, 형님 부부를 설득해서 시작한 일이었다. 전체 공사 비용의 반 이상을 그가 냈고, 이런저런 이유로 불어나는 경비를 그가 계속 부담하고 있는 상황이었다. 자신이 보내준 공사 대금을 어머니가 몇 번 말없이 사용한 후부터 공사는 지지부진했다. 그 돈이 형에게 갔을 거라고 짐작하는 건 어렵지 않았다. 평생 농사일을 해왔지만 형은 농사에 소질이 있는 편이 아니었다. 작황이 좋으면 좋은 대로 나쁘면 나쁜 대로 수매가는 번번이 기대에 미치지 못했고, 장마와 태풍 같은 날씨 운조차 따라주지 않았다. 항상 빠듯한 형의 살림살이를 염려하는 어머니의 마음을 모르는 바도 아니었다.

이제 날도 추워지는데 공사 빨리 마무리해야겠네요. 싱크대 바닥하고 화장실 수도도.

그가 거기까지 말했을 때 어머니가 말했다.

수리고 뭐고 더 할 거 없다. 내가 살면 얼마나 더 살겠나. 혼자 사는 집 이만하면 충분하지. 신경 쓸 거 없다. 그럴 돈 있으면 나를 다오. 괜히 멀쩡한 집 뜯어고치는 데 쓰지 말고 날 줘.

그가 무슨 생각을 하는지 다 안다는 듯 어머니가 그렇게 잘라 말했기 때문에 그는 더 할 말을 찾지 못했다.

한참 만에 대화는 결혼을 앞둔 조카 상호에게로 옮겨갔

다. 10년 전 어렵게 전문대학을 졸업한 상호는 지금껏 제대로 된 직장을 잡지 못하고 내내 몸 쓰는 일을 전전하는 중이었다. 그럼에도 명절이면 늘 부모와 함께 고향 집에 왔다. 어느 해인가는 토종꿀을 사서 그에게 한 병 선물했고 준오에게 과하다 싶을 만큼 용돈을 주기도 했다.

그가 결혼에 대해 물으면 조카는 아닙니다, 괜찮아요, 걱정 마세요, 하며 수줍게 웃었다. 그는 조카의 선한 눈빛과 굵직한 목소리가 어떤 흥분과 두려움으로 일렁거리는 것을 말없이 지켜보았다. 그 순간에는 혈육에 둘러싸여 있다는 안정감과 거기에서 오는 따뜻함, 조건 없는 호의와 애정 같은 것들이 되살아났다.

그래, 처음 시작할 땐 좀 부족한 듯해도 둘이 벌면 또 금방 나아진다.

그는 그렇게 조카를 격려했다.

그럼. 처음부터 맘에 쏙 드는 것이 어디 있어. 막내 너도 식 올리고 5년 넘게 단칸방에서 안 살았냐. 그땐 언제 저 도둑놈 소굴 같은 곳을 벗어날까 싶었는데. 지금 봐라. 이만하면 번듯하게 잘사는 거지.

그의 어머니가 마당 쪽을 내다보며 중얼거렸다.

대화는 20년 전, 30년 전으로 자꾸 거슬러 올라갔다. 모든 게 한없이 부족하고 불안하던 시절이었다. 미래라고 할 만한 건 멀고 멀어서 당장 1년 뒤, 2년 뒤의 일도 가늠하기 어려웠다. 그럼에도 매일 조금씩 나아지는 생활을 확인하는 보람과 기쁨이 있었다. 더 나아질 수 있다는 확신과 자신이 있었다.

그러니까 그는 겁 없이 앞으로만 뻗어나가는 시간에 취해 살아온 건지도 몰랐다. 어쨌든 모든 게 더 나아지고 계속 좋아질 거라고 믿어온 건지도 몰랐다.

저녁 식사를 마친 뒤 그는 조카와 함께 창고 안의 짐들을 정리하고, 텃밭으로 가서 겨우내 쓸 비닐하우스를 손봤다. 얼키설키 엮은 앵글 이음새를 확인하고 이중으로 덮은 비닐이 찢어지지 않았는지 살펴보는 거였다. 날이 저물자 바람이 믿을 수 없을 만큼 차가웠다.

자정이 넘어서야 그는 오래전 어머니가 쓰던 방에 이부자리를 펴고 누웠다. 뭐가 들었는지 알 수 없는 박스와 잡동사니가 쌓여 이젠 겨우 한 사람이 누울 공간밖에 없었다. 그는 묵은 먼지 냄새를 맡으며 처음 해선과 이 방에 누웠던 날을 떠올렸다.

말해봐. 어머님이 날 별로 맘에 들어 하지 않으셨지?

아내가 물었고 그는 아내의 목덜미에 코를 갖다 대고

소곤거렸다.

마음에 들고 말고가 어디 있어.

그는 체구가 작고 체력이 약한 편이었다. 그래서 형과 달리 농사일에 적응하지 못했다. 그러나 정년이 보장되는 국영기업의 기술자가 되었고 그가 고향에 올 때마다 동네 어른들이 찾아와 자신의 자식들도 그 회사에 넣어달라는 부탁을 하곤 했다. 아내는 그가 비밀스럽게 품고 있는 자부심 같은 걸 알아본 게 틀림없었다. 그런 걸 본능적으로 알아차릴 만큼 해선은 영민한 여자였다.

그럼에도 지금 같은 상황은 예상하지 못했을 거였다. 문득 분노에 찬 얼굴로 그를 내려다보던 호석의 얼굴이 떠올랐다. 그런 원망과 비난이 왜 하필이면 자신을 향해야 했는지 그는 알고 싶었다. 그 자리에 있던 사람들 중 가장 무능하고 형편없는 사람이 바로 자신이었을까. 그런 거라면 왜 그런 생각을 했느냐고 물어보고 싶었다. 그래서 무엇이든 수긍할 수 있다면 차라리 나을 것 같았다. 그는 무겁고 눅눅한 이불을 덮고 이리저리 뒤척이며 쉽게 잠들지 못했다.

#

이튿날 오전 차례를 지낸 뒤 그는 곧바로 집으로 돌아왔다.

사흘간의 휴일이 남아 있었지만, 하루는 병원에 들러 입원한 장인의 안부를 살펴야 했고, 나머지 하루는 다세대 건물 세입자를 만나 누수가 생겼다는 집 내부를 확인해야 했다.

휴일 마지막 날 저녁이 되어서야 그와 해선, 준오까지 세 식구가 식탁에 마주 앉았다. 그는 몰라보게 달라진 고향 집의 모습과 결혼을 앞둔 상호의 근황을 짤막하게 전했다.

상호 형 결혼식에 준오 너도 꼭 가야 된다. 가서 축하한다고 인사도 하고 그래야지.

그가 말하면 그사이 또 한 뼘쯤 키가 자란 듯한 준오는 텔레비전 소리가 나는 거실 쪽으로 고개를 돌린 채 건성으로 고개만 끄덕거렸다. 그가 용기를 내어 학교생활에 대해 물었을 때도 마찬가지였다. 입시 문제나 교우 관계에 대해서라면 아는 바가 없었으므로 그는 몇 개의 질문을 떠올렸다가 그대로 삼켜버렸다.

아들, 좀 성의 있게 대답해줄 수 없을까?

해선이 부드럽게 타이르고 나서야 준오는 다 괜찮다고 여전히 음식을 우물거리는 채로 말했다. 그런 뒤엔 빠르게 밥그릇을 비우고 자리에서 일어났다. 준오가 제 방으로 들어간 걸 확인하고 나서야 해선은 다음 주로 정해진 장인의 수술 날짜를 입에 올렸고, 다세대 건물 201호 신혼부부 이야기를 꺼냈다.

위층에도 올라가봤댔지?

해선이 물었고 그가 답했다.

가봤지. 당신도 가봤잖아. 구조가 같으니까 거기도 거실이지.

심해? 거실에 물 샐 일이 뭐가 있는지 모르겠네.

베란다 창 위에 약간 얼룩이 있는데 좀 기다려보자고 했어. 안 되면 301호 거실 뜯어서 확인해야지.

누가? 업자가 그래? 거실을 뜯으면 어떡해? 그 공사비는 누가 감당하고? 거기가 아닐 수도 있잖아.

거기서부터는 답이 없는 이야기였다. 누수 탐지를 두 번이나 했지만 누수 지점을 찾아내지 못했고, 그는 조금만 더 기다려보자고 어렵게 201호 세입자를 설득해놓은 상태였다.

해선이 젓가락을 내려놓고 손을 쥐었다가 폈다가 하는

건 나중에 알았다. 숟가락이 바닥으로 떨어지고 요란한 소리가 난 뒤에야 그는 해선과 눈을 맞췄다.

가끔 저릿저릿하더니 오늘 유독 심하네. 숟가락질을 못하겠어.

해선은 두 손을 번갈아 주무르며 찌푸린 얼굴로 답했다. 그러면서도 피곤해서 그런가 보다 했고 금방 괜찮아질 거라고 말했다. 상태는 나아지지 않았다. 다음 날 새벽. 그가 일어났을 때 해선은 푸른색을 머금은 어둠 속에 앉아 어쩔 줄 모르는 얼굴로 손을 감싸 쥐고 있었다. 두 손이 장갑을 낀 것처럼 부어 있었다.

그는 회사에 늦을 거라는 연락을 남기고 곧장 응급실로 갔다. 평일 아침인데도 응급실은 환자들로 붐볐다. 거의 한 시간을 기다리고 나서야 진료실로 들어갈 수 있었다.

어떤 일을 하시죠?

의사가 물었다. 사무적인 말투였다. 해선이 구체적인 답변을 하지 않자 조금 더 큰 소리를 냈다.

손을 많이 쓰는 일을 하시나요?

아뇨. 그런 건 아닌데요. 요 근래에 일이 좀 많았어요.

주로 밖에서 일하세요?

아내는 고개를 저었다.

요즘 같은 날씨에 밖에서 일하시면 혈관이 수축됩니다. 통증이 더 심해질 수도 있어요. 너무 건조하거나 습한 곳도 안 좋고요. 증상이 언제부터 있었죠?

오래된 건 아니에요. 처음엔 쥐가 난 것처럼 저리다가 말다가 했는데 어젯밤부터 좀 심해요.

한번 볼게요. 아프면 아프다고 말씀하세요. 여긴 어떠세요? 괜찮으세요? 여긴 아프시고, 이쪽이 많이 심하네요. 그죠?

의사는 해선의 손바닥과 손목 여기저기를 만지고 짚으면서 아내의 반응을 살폈다. 그런 후엔 그를 돌아보며 뭐든 도움이 될 만한 걸 말해보라는 얼굴을 했다. 두 사람 모두 이렇다 할 말이 없자 몇 가지 검사를 해보자고 말한 뒤 그들을 내보냈다. 엑스레이 촬영과 근전도 검사를 위해 대기실에 앉아 있는 동안 그는 부은 손을 감싸 쥔 채 텔레비전을 올려다보는 아내를 흘끔거렸다.

해선은 마트 식품 매장에서 일했다. 그러나 그곳에서 구체적으로 어떤 일을 하는지 물어본 적은 없었다.

눈치 봐가면서 적당히 해. 일하는 거 말이야.

그는 다만 그렇게 말했다. 그러면서 무슨 일을 얼마만큼 해야 손이 저렇게 풍선처럼 부풀어 오르는 걸까 생각했다. 해선은 덤덤한 얼굴로 말했다. 같이 일하는 언니 하나는 창고 바닥에 미끄러져 고관절을 심하게 다쳤다는 이야기였다. 목이 심하게 부어 병원에 간 여자 하나는 편도암 초기 진단을 받았다고도 했다. 동료들의 불행한 사연을 길고 장황하게 말해주는 아내 탓에 그는 그래, 이만하면 다행이지 하는 생각도 했다.

해선은 손목터널증후군이라는 진단을 받았다. 손목을 지나는 혈관과 신경에 문제가 생겼다는 거였다. 엑스레이 사진을 들여다보는 그의 표정이 굳어지자 의사가 말했다.

걱정하실 거 없어요. 흔한 증상입니다.

그러나 외과적 치료가 반드시 필요하다고 했고 하루나 이틀이면 회복할 수 있는 간단한 수술이라는 설명을 덧붙였다. 의사는 아내와 그가 잘 볼 수 있게 탁상용 달력을 돌려주었다. 수술 날짜를 정하자는 거였다.

어머, 시간이 벌써 이렇게 됐네. 이런 줄도 모르고, 내 정신 좀 봐.

시계를 올려다보던 아내의 입에서 엉뚱한 말이 흘러나왔다. 그와 눈이 마주치자 해선은 초조한 얼굴로 소곤거렸다.

오늘 아버지 퇴원 날이잖아. 당신도 없고 지선이도 못 온대서 근무시간 바꿨거든. 지난번에도 깜빡하고 늦었는데 큰일 났네.

대답을 한 건 의사였다.

그럼 나중에 따로 전화하셔서 날짜를 잡으세요. 진통제 사흘치하고 보호대 하나 나갈 거니까 받아 가시고요.

그는 서두르는 해선을 따라 진료실을 나왔다.

지금이라도 전화해. 그런 손을 하고 무슨 출근이야.

죽는 것도 아니잖아. 수술하는 게 뭐 급해. 나중에 하면 돼. 나 늦었어. 일단 먼저 갈게. 집에서 이야기해.

그가 처방전을 받으려고 접수대에 서 있는 동안 해선은 먼저 가버리고 없었다. 그는 붐비는 엘리베이터를 지나 비상구 계단으로 걸어 내려왔다. 계단을 걸어 내려오는 동안 전화벨이 울렸고 전화를 받기 직전에 전화가 끊겼다. 부장이었다. 곧바로 전화를 다시 걸었지만 통화는 되지 않았다. 몇 번을 더 해도 마찬가지였다. 약국에서 보호대와 진통제 사흘분을 받아 나왔을 때엔 빗방울이 떨어지고 있었다.

#

그는 정오 무렵 회사에 도착했다.

본관 1층 로비에 대형 플래카드가 걸려 있었다. 인사이

동 기간이 끝났음을 알리는 거였다. 협조와 희생, 감사와 미래 같은 단어를 흘끔거리며 그는 본관 뒤편 현장팀이 쓰는 3층 건물로 복귀했다.

사무실엔 아무도 없었다.

그를 맞은 건 코드가 뽑힌 채 한쪽으로 치워진 대형 복합기와 컴퓨터, 상자에 담긴 사무 용품들이었다. 그는 느린 걸음으로 사무실 안을 한 바퀴 돌았다. 작업 공구를 보관하던 선반과 서랍은 비어 있었다. 서류가 쌓여 있던 캐비닛 안도 마찬가지였다. 창가로 다가가자 주차된 작업 차량들이 내려다보였다. 소형 포클레인과 사다리차, 스카이차와 크기가 다른 트럭들까지 한 대도 빠짐없이 제자리를 지키고 있었다.

그는 복도를 서성거리며 다른 사무실을 기웃거렸다. 상황은 비슷했다. 가구와 집기를 모두 들어낸 사무실도 여럿이었다. 그는 1층으로 내려왔다. 그사이 경비원은 젊은 사람으로 교체되어 있었다.

사무실이 비어 있네요.

그가 말하자 제복을 입고 내내 휴대폰만 내려다보던 경비원이 물었다.

어디 소속이시죠?

그가 현장팀이라고 밝히자 이 건물은 고객센터로 바뀔 거라는 대답이 돌아왔다. 1층엔 민원실과 상담 창구가 생기고 2층과 3층엔 도서관과 카페가 들어설 거라고 했다. 한 달 정도 공사가 진행될 예정이고 주차장도 옮겨질 거라는 설명이 이어졌다. 그는 사무실에 두었던 개인 소지품을 어떻게 찾아야 할지 모르겠다고 더듬거렸다. 작업복과 작업화, 수건과 칫솔, 여분의 옷과 잡다한 물건들을 떠올리다 보니 반드시 되찾아야 할 물건은 하나도 없다는 생각이 들었다.

오늘 PIP 교육평가 날인데, 본관 강당으로 출근하라는 말씀 못 들으셨어요?

경비원이 묻고 그가 답했다.

압니다.

재교육 시즌이 끝나면 의례적으로 평가 시간을 만들고 그곳에 모인 사람들에게 은근한 방식으로 끈질기게 퇴직을 종용한다는 것을 그도 모르지 않았다. 그는 건물 밖으로 나와 담배를 피워 물었다. 비가 그치지 않고 있었으므로 건물 끄트머리에 등을 붙이고 서야 했다.

여기 금연 구역입니다. 여기서 담배 피우시면 안 돼요. 직원도 예외가 아니고요.

경비원이 금세 따라 나왔다. 건물 모퉁이를 돌아 몇 걸음 가면 흡연 구역이었다. 그가 그쪽으로 걸어가려고 하자 경비원이 한마디 더 했다.

그쪽도 마찬가집니다. 이제 여기서 담배 피우시면 안 됩니다.

그는 서둘러 연기를 깊이 들이마신 뒤 담배를 껐다.

어쩌자고 아무것도 아는 게 없는 저런 젊은 애를 데려다 놓았을까.

이곳은 오래전부터 그와 동료들이 담배를 나눠 피우던 곳이었다. 금연 구역이라는 팻말을 세운 게 벌써 몇 해 전이었지만 그곳에서 흡연하는 그와 동료들을 나무라는 사람은 없었다. 그 정도 휴식을 누릴 자격이 그와 동료들에게 있음을 모르지 않았기 때문이었다. 그게 뭐든 이제는 누구에게도 조금도 이해받을 수 없을 거란 생각이 들었다. 그런 것들을 헤아릴 만한 사람들은 이제 거의 남아 있지 않았다.

그는 오후 2시가 넘어서야 부장과 마주 앉았다.

카페 문을 열고 들어오는 부장의 머리칼이 비에 젖어 있었다. 그가 커피 두 잔을 주문해 왔다. 커피는 형편없이 썼다. 빗줄기가 굵어지고 있었다. 축축한 도로를 밀고 가는 차들의 소음이 카페 안까지 밀려들었다.

일이 워낙 급하게 돌아가느라 연락을 계속 못 받았네

요. 많이 기다리셨죠?

부장은 봉투에서 서류 몇 장을 꺼냈다. 그러면서 다른 팀원들은 모두 새 업무를 배정받아 다른 부서에 배치되었다고 말했다.

다른 업무요?

그는 10년간, 20년간 가설과 설비, 고장 수리 업무만 하던 동료들이 다른 어떤 새로운 일을 할 수 있는지 짐작하기 어려웠다.

부장은 이렇다 할 대답을 하지 않고 사무적인 목소리로 물었다.

오전에 급한 일이 있으셨다고요? 잘 마무리하셨습니까?

그는 아내가 아파서 병원에 다녀왔다고 말한 뒤 곧장 후회했다. 불필요하게 사적인 이야기를 늘어놨다는 생각 때문이었다.

사정이 있었던 건 알겠지만 월차나 반차는 하루 전에 결재를 받으셔야 한다는 걸 아실 겁니다. 분위기가 이렇다 보니 평가에 다 반영이 될 수밖에 없어요. 앞으로는 그렇게 해주시고 이번 건은 제가 알아서 하겠습니다.

부장은 세 장의 서류를 꺼냈고 그가 잘 볼 수 있도록 방향을 돌려주었다.

한 장은 교육 일수와 출결 사항, 지각 사항 같은 것들을 기록한 일지였고 한 장은 수업 태도, 최종 평가 점수를 도표로 정리한 것이었다. 나머지 한 장엔 지난 3개월간 그의 상품 판매 실적이 숫자와 수치, 그래프로 정리되어 있었다.

15시 07분 입실. 7분 지각, 18시 12분 입실. 12분 지각.

보고서 제출 기한 지연 2회. 보고서 분량 미달 3회. 도서 미지참 3회.

눈가를 문지름. 한 손으로 턱을 굄. 눈을 감고 하품을 함. 목을 긁음. 물 마심. 휴대폰을 확인함. 발을 주무름.

한동안 그는 자신에 대해 지나칠 정도로 세세하고 꼼꼼한 기록들을 살펴보는 데에 정신이 팔려 있었다. 읽다 보면 너무한다 싶었고 오싹한 느낌이 들 정도였다.

보다시피 점수가 좋질 않습니다. 아시지요?

부장은 세 번째 서류를 가리키며 물었다. 지난 3개월간 그의 상품 판매 실적이 기록된 평가서였다. 판매 가능 물품과 가격, 기능과 장점 같은 것들이 보기 좋게 정리되어 있을 뿐 이렇다 할 판매 실적은 전무했다.

영업 실적도 거의 없으시고요.

그는 잠자코 부장의 이야기를 들었다. 처음 있는 일도

아니었다. 몇 년 전 저성과자로 낙인찍힌 후 교육평가가 있을 때마다 이런 경고를 수없이 반복해서 들었다.

어떻게 말씀드려야 할지 모르겠네요. 점수가 거의 다 최하 등급입니다.

서류를 넘겨보던 부장이 검지로 테이블 모서리를 만지작거리며 말했다.

본인이 관리 대상자인 것은 아실 겁니다. 이번이 마지막 교육이라는 것도 아실 테고요. 평가서만 봤을 때는 개선되는 모습이 보이지 않으니 저도 어쩔 도리가 없네요.

그는 판매나 영업 업무가 지난 26년간 통신주를 매설하고, 전화선을 끌어오고, 인터넷 케이블을 연결하던 자신의 현장 업무와 무슨 연관이 있느냐고 따져 묻지 못했다. 책을 읽고 독후감을 쓰고, 교육 영상을 시청하고 감상문을 제출하고, 어려운 경제 용어를 외우고, 복잡한 수치와 계산법을 익히는 것이 수십 년간 설치 기사로 일했던 자신에게 무엇을 가르치려 하는 것인지도 묻지 못했다. 그런 식으로 옳고 그름을 따지던 동료들이 끝내 밀려나듯 회사를 나가는 걸 그는 많이 봐왔다.

예. 알고 있습니다.

그는 다만 그렇게 대답했다.

이런 말씀을 드리는 제 입장도 이해해주셨으면 합니다. 지금이라도 시간이 필요하다고 하시면 며칠 더 여유를 드릴 수 있고요. 아시겠지만 지금 정도면 크게 나쁜 조건도 아닙니다. 젊은 사람들은 취업난이라고 아우성이지. 나이 든 분들은 정년을 보장해달라고 하시지. 회사라고 그 모든 사람들을 다 안고 갈 수는 없지 않습니까. 아시겠지만 몇 년 전부터는 외국 업체들까지 들어와서 있는 고객들도 다 빼내가는 상황이잖아요. 제가 회사를 대변하려는 게 아니고 객관적인 상황을 말씀드리는 겁니다.

그가 무슨 말인가를 하려고 하자 부장이 곤혹스러운 얼굴을 했다. 그런 다음 자신도 일개 직원에 지나지 않으며 왜 이런 업무를 맡게 됐는지 모르겠다고 중얼거렸다. 자신은 두 아이의 아빠이고 막내는 올해 초등학교에 입학했다고 이야기하며 부장은 그의 눈을 피했다. 그럼에도 저성과자를 제대로 관리하지 못하면 결국 자신이 징계를 받는다고 말할 땐 고개를 들고 그와 눈을 맞췄다.

그는 고개를 끄덕였다.

그러나 그것이 동의를 의미하는 건 아니었다. 그는 사적인 형편을 무기 삼아 상대의 마음을 쥐고 흔들려는 부장에게 불쾌함을 느꼈다. 그런 식으로 상대방의 입을 막아버리고 꼼짝할 수 없게 만들어버리려는 의도가 괘씸해서였다.

　그는 부장의 제안을 수락하고 몸을 일으켜 카페 밖으로 나오고 싶은 충동을 가까스로 억눌렀다. 지금 자신을 지나는 감정이 분노 단 하나뿐이라고 확신할 수 없어서였다. 어떤 순간에도 단 하나의 감정만 존재하는 경우는 없었다. 그는 왜 매번 뜨겁게 솟구쳤던 분노가 넓게 번지고 옅어지면서 연민과 이해 따위의 감정에 다다르게 되는지 이해할 수 없었다.

　압니다.

　그는 다만 그렇게 말했고 한동안 아무 상관 없는 사람처럼 테이블 위에 놓인 서류 세 장을 우두커니 내려다보다가 마침내 고개를 들고 차분하게 되물었다.

　거절하면 저는 어떤 업무를 맡게 됩니까?

2

#

그는 타 지역 상품 판매 부서로 발령 났다.

아파트 단지를 빠져나와 2차선 국도에 접어들 때까지
만 40분이 걸렸다. 국도 양옆으로 늘어선 대형 가구 직판장
을 지나면 비닐하우스 몇 채가 전부인 황량하고 마른 벌판
이 지루하게 이어졌다.

그 끝에 다리가 있었다.

그곳은 몇 년째 확장 공사 중이었다. 종일 양방향 딱 한
차선만 허용되었으므로 정체가 심했다. 처음 며칠간 그는
막무가내로 끼어드는 차들과 조금이라도 빨리 가려는 운전
자들의 악다구니에 휘둘리지 않으려고 애썼다. 며칠이 더
지나자 다른 사람들처럼 무리하게 끼어들었고 경적을 울리

며 양보할 의사가 없음을 공격적으로 알리기도 했다.

그가 새로 출근한 곳은 터미널 근처 거점 판매센터였다.

여기가 거깁니다. 거점 센터. 거점 센터에 새로 오신 분
아니오?

첫날 그를 알아본 건 대리점 앞 오토바이에 비스듬히
걸터앉은 남자였다. 푸르스름한 수염 자국이 아니었다면
덩치가 큰 외국 여자로 오해했을지도 몰랐다. 길게 길러 하
나로 묶은 노란 머리 때문이었다. 그가 주변을 두리번거리
자 남자가 한마디 더 했다.

여기가 거기요. 거점 센터. 말이 좋지. 거점 센터는 얼
어 죽을. 지난번에 새로 온 양반이 거기 어디에다 거점 센
터라고 써놨는데 아직 남아 있는지 모르겠네. 한번 보셔, 남
아 있는지.

남자가 가리킨 곳은 간판도 없는 사무실이었다. 철제
셔터 너머로 내부가 들여다보였다. 1인용 책상과 의자, 소
형 냉장고, 미니 히터, 서류 뭉치와 프린터, 컴퓨터와 전화
한 대가 전부인 사무실 내부는 좁고 어두웠다.

첫날이라 서두르셨구만. 너무 일찍 오셨어. 그럴 필요
가 전혀 없는데. 여기 팀장은 만날 늦어요. 한 시간씩 두 시
간씩 늦게 기어 나올 때도 있고요. 왜냐. 우리 엿 먹이는 게

그 새끼 일이거든. 그래도 우리는 1분도 늦으면 안 돼요. 바로 보고 올려버린다니까.

남자는 히죽거리며 커피라도 한잔하겠냐고 물었다. 쌀쌀한 아침 공기 새로 희미하게 입김이 피어났다. 그가 이렇다 할 대답을 하지 않았는데 남자는 근처 편의점으로 가서 캔 커피 두 개를 사 왔다. 커피는 달고 뜨거웠다.

서너 사람이 더 왔다.

문 닫힌 대리점 앞에서 통성명할 때 그는 그 남자의 이름을 듣고 곧장 잊어버렸다. 다시금 이름을 묻자 남자는 대명이라는 지명을 알려주었다. 그곳이 자신의 담당 구역이라는 거였다.

대명항 안 가봤죠? 거기 좋아. 횟집도 많고 물도 깨끗하고. 소주 한잔하긴 딱 좋지. 영업하긴 엿 같지만. 죄다 관광객뿐이거든. 중국인에 일본인에. 요즘은 뭐 동남아 사람들도 버글버글하더구만. 말도 안 통하는데 영업은 씨발. 술 좋아해요?

그런 다음 곁에 선 사람들의 담당 구역을 하나씩 호명하며 낄낄거렸다. 상마, 석정, 마송, 갈산. 그는 생경한 지명들과 사람들의 얼굴을 연결 짓고 잊지 않게 잘 기억해두었다.

센터 팀장은 40분 늦게 왔다.

임영석입니다. 출근하시면 여기 와서 확인받으시고 담당 구역으로 가시면 됩니다. 퇴근하면 여기 오셔서 장부 적고, 보고서 쓰시고 가시면 되고요. 배정받은 지역은 들으셨죠? 여기서 여기까지. 검단 지역이네요.

군용 점퍼 차림으로 출근한 팀장은 벽에 걸린 지도를 가리키며 대충의 구역과 범위, 경계를 일러주었다. 그런 다음 영업 할당량이 적힌 서류 몇 장과 광고 전단지, 상품 설명서 한 뭉치를 챙겨 주었다.

기본급 관련 내용은 들으셨죠? 처음 한 달은 보장이 되는데 이후엔 판매 실적에 따라 변동이 있을 겁니다. 자세한 건 본사에 문의하시면 되고요. 상품 이름하고 내용은 여기 매뉴얼 읽어보시면 되고. 이건 계약서랑 동의서인데 읽어보시고 서명하세요.

그는 속사포처럼 쏟아지는 팀장의 말을 멍하니 듣고 있다가 시키는 대로 몇 장의 서류에 서명했다. 서명이 끝나자 팀장이 시계를 올려다보며 말했다.

시간이 벌써 이렇게 됐네. 이제 가셔서 뭐든 파시면 됩니다.

뭘 어떻게 하라는 겁니까?

그가 묻자 팀장이 웃으며 말했다.

팔러 오셨으니까 파셔야죠. 파는 일 하나만 제대로 하시면 됩니다. 사실 영업이라는 게 까다로워 보이는데 하다 보면 또 그렇지도 않아요. 요령도 생기고 수완도 생기고요. 저기 밖에 계신 분들한테 물어보세요.

그는 서류 뭉치를 안은 채 떠밀리다시피 밖으로 나왔다. 다들 대리점 앞에 모여 서 있었으므로 그 역시 사람들 곁에 섰다. 맑은 날이었다. 그는 짙게 드리운 자신의 그림자를 내려다보며 팀장이 했던 말을 떠올려보았다. 생각나는 건 아무것도 없었다. 무엇을 어떻게 해야 하는지 전혀 가늠이 되지 않았다. 그는 걱정스러운 기색이 전혀 없는 사람들 틈에서 서류 뭉치를 뒤적거렸다. 사람들은 이런 상황에 충분히 단련된 듯 보였고 더는 겁날 게 없어 보였다.

아, 그만 좀 하고 나오셔. 나오라니까.

한참 만에 대명 남자가 대리점 안으로 고개를 디밀고 아직 나오지 않은 여자를 채근했다. 문이 열리자 팀장과 여자가 주고받는 말소리가 또렷해졌다.

누님. 아, 나라고 뭘 어쩝니까. 하라는 대로 할 수밖에요.

아니, 사람도 없는 데 가서 뭘 팔라는 거야. 사람이 있어야 팔지. 사람이 있어야 뭐든 팔 거 아니냐고. 살 사람이 없는데 뭘 팔라는 거야, 임 팀장 너도 거기 알잖아. 나한테 정말 이럴 수 있어, 너?

저한테 그러시면 어째요. 본사에 가서 직접 말씀해보시든가요.

그놈의 본사, 본사. 허구한 날 본사 타령이지. 도대체 본사가 어디 있고 담당자가 어디 있어. 죄다 유령처럼 이름만 있잖아.

승강이가 이어지다가 마침내 여자가 밖으로 나왔다. 이마에 푸르게 핏줄이 서 있었다. 분이 풀리지 않는 듯 여자가 그를 보며 목소리를 키웠다.

아니, 요즘 세상엔 저수지가 매매도 되고 그래요? 세상에. 저수지를 산 사람이 그 일대 사람들을 다 쫓아낸다고 난리예요. 근데 가서 뭘 팔라는 거야. 영업지라도 바꿔주든가. 철거한다고 난리인 동네에 가서 뭘 하라는 거야. 사람이 있어야 팔 거 아니야. 사람이. 저수지 메기한테라도 팔까!

여자의 흥분을 가라앉힌 건 갈산에서 일하는 젊은 남자였다.

갈산이 산 바로 아래 지역이라는 것을 그는 나중에 알았다. 묘소를 지키는 산지기와 약초를 캐는 사람들이 잠깐씩 머무는 창고 서너 개가 전부인 곳이었다. 갈산 남자는 이런 상황이 익숙한 듯 웃으며 여자의 어깨를 가볍게 주물렀다. 그러면서 여자를 돌려세우고 주차장 쪽으로 이끌었다. 그렇게 다들 각자 배정받은 근무지로 이동하는 거였다. 무엇을 어떻게 해야 하는지 모르는 그도 마찬가지였다.

팀장에게 건네받은 것들을 조수석에 내려놓고 시동을 걸을 때야 그는 이 일이 그에게 새로운 업무를 부여하는 게 아니라 어떤 업무도 주지 않겠다는 의미라는 걸 깨달을 수 있었다. 마침내 자신이 회사가 만들어놓은 시험장 한가운데로 들어오게 되었다는 걸 직감하게 된 거였다.

#

한 주 뒤 토요일 저녁, 해선이 그를 불렀다. 방문을 닫고 들어온 해선이 내민 것은 등기로 온 내용증명 서류였다.

201호 신혼부부가 보낸 거야. 누수 때문에 나가겠대. 전세금 빼달라네.

누수를 잡기 위해 위층인 301호 공사를 한 게 보름 전이었다. 확실하게 누수를 잡겠다던 설비업자는 공사 후에도 물이 샌다는 말을 듣고는 곧바로 재공사를 하겠다고 약속했다. 최대한 서두르겠다고 해놓고 여태껏 아무 조치도 하지 않은 모양이었다.

그들 부부에게 당장 내줄 전세금 같은 게 있을 리 없었다. 월급이 줄고 직무가 바뀐 그의 처지 또한 대출 자격에 불리하게 적용이 될 거였다. 어렵게 대출을 받는다 해도 더는 이자를 감당하기 벅찬 상황이었다.

주말에 가보지, 뭐. 만나서 이야기하면 되겠지. 만나서 이야기해보자고.

그는 한 장짜리 서류를 내려다보며 그렇게 대답하고 말았다. 그러나 그 주 토요일. 201호 신혼부부와 마주 앉았을 때 이 일이 자신이 생각하는 것처럼 수월하게 해결될 문제가 아님을 깨달았다.

어떻게든 누수를 해결해주겠다는 그들 부부의 제안을 한사코 거절하던 세입자 부부는 한참 만에 입을 열었다.

어떻게 들으실지 모르겠지만 이 건물 진짜 문제 많아요. 누수도 누수지만 베란다에 물도 잘 안 빠지고 하수구 냄새도 심하고요. 지난번에 비 한창 왔을 땐 건물 외벽에서 벽돌이 떨어져서 진짜 큰일 날 뻔했거든요. 모르시죠?

말을 꺼낸 건 남자였고 여자가 말을 더 보탰다.

제가 임신 3개월이거든요. 조심해야 하는 시기인데 새벽마다 윗집이 너무 시끄러워서 통 잠을 못 자요. 낮에는 동네 공사장에서 나는 소음 때문에 잘 수가 없고요.

그는 대꾸하려는 해선을 제지하고 그 사람들이 조금 더 말하도록 내버려두었다. 건물이 오래된 것도 알고 시세보다 저렴하게 전세를 얻었다는 것도 알지만 물이 새는 집에서 살 수는 없고, 빠른 시일 내에 전세금을 돌려줬으면 한다는 세입자 부부의 말이 끝나고 나자 무겁게 침묵이 내려앉았다.

나도 물 새는 거 겪어봐서 알아요. 우리라고 왜 안 고쳐주고 싶겠어요. 근데 거기가 거실이잖아요. 아랫집에 물이 샌다고 윗집 거실을 다 깨부술 순 없으니까 설비업자 말대로 베란다 쪽만 우선 손본 거예요. 공사하신 분이 월요일엔 무슨 일이 있어도 보수공사 한다니까 그렇게 해요. 우리도 당장 전세금 내줄 형편이 안 돼서 그래요.

침묵을 깬 건 해선이었다.

해선은 은행 대출을 받고 세입자들의 전세금과 보증금을 떠안는 조건으로 그 건물을 구입했으며 지금은 대출 이자를 갚는 것도 빠듯하고, 아직 1년도 되지 않은 건물을 되팔 수도 없지 않느냐며 애원조로 매달렸다.

그 건물은 해선이 몇 달을 돌아다닌 끝에 고른 것이었다. 임대 수익이 꾸준한 편이라고 했고, 적어도 10년 안에 재개발 허가가 날 거라는 기대가 있었다. 무엇보다 시세보다 저렴한 가격이 마음을 움직였다.

혹시 이 자리에 꼬박꼬박 월급 모아서 집 살 수 있다고 생각하시는 분 계세요? 계신다면 그냥 나가셔도 좋습니다. 제 말이 거짓말 같으세요? 한번 보세요. 큰맘 먹고 빚내서 집 하나, 건물 하나 사두는 게 훨씬 낫다는 거 주변에서 다들 보시잖아요. 부동산 시장이 끝났다, 끝났다 하죠? 그 말은 5년 전에도, 10년 전에도 있던 말들이에요. 똑똑한 사람들요? 그런 말 안 믿죠.

그는 지난겨울 부동산 투자 재테크라는 강연에서 들었던 이야기를 떠올렸다.

이백 명 넘는 인파가 몰린 강연이었고 자리를 잡지 못한 사람들이 좌석과 좌석 사이에 쪼그리고 앉아야 할 정도였다. 그와 해선은 출입문 바로 옆에 서 있었다. 영하 10도까지 내려간 날씨였지만 실내는 후텁지근했다. 바짝 붙어 앉은 사람들이 움직일 때마다 쿰쿰한 땀 냄새가 올라왔다.

자신을 투자 전문가라고 소개한 강사는 대형 스크린에 떠오른 지도 위에 지하철 노선도와 경전철 노선도를 겹쳐놓은 뒤 도시개발계획과 재정비사업 같은 것들을 구체적으로 언급했다. 한마디도 놓치지 않겠다는 듯 숨죽인 사람들 사이에서 그들 부부도 강사에게서 눈을 떼지 못했다. 두 시간짜리 강연이 끝난 뒤에는 다른 사람들처럼 이끌리듯 강사와의 개인 면담을 신청했고 터무니없이 비싼 상담료를 지불한 뒤 세 시간을 기다려 강사와 제대로 된 대화를 할 수 있었다.

그래도 형편에 맞게 사는 게 안전하지 않을까요?

컴퓨터 화면 위에 지도를 띄우고 지역별로 아파트와 빌라, 다세대 건물을 추천해주던 강사는 해선의 말에 이렇게 대꾸했다.

사모님, 형편에 맞추시면 계속 형편대로 사시게 돼요. 그러려고 여기 오신 건 아니잖아요.

그러니까 강사의 입에서 나오는 그런 말들이 머뭇거리며 한 걸음 두 걸음 물러서려는 그를 자꾸만 가까이 더 가까이 다가서게 했다.

7년 전 퇴직을 하고 빚을 내어 아파트 두 채를 샀던 동료 한수가 5층짜리 상가 건물주가 되었다는 건 회사 사람들이 자주 입에 올리는 일이었다. 그는 비로소 자신에게도 기회라고 할 만한 게 온 거라고 생각했고 놓치고 싶지 않았다. 그 순간에는 강사가 불어넣어주는 기대와 욕심을 정신없이 들이마시고 이성이라고 할 만한 것을 완전히 잃은 건지도 몰랐다.

그는 정신을 차린 사람처럼 눈을 크게 떴다.

내일이라도 공사를 해서 해결이 되면 이번 겨울은 지내볼게요. 대신 화장실에 물 빠지는 거 고쳐주세요. 윗집에도 저희 대신 연락해주시고요.

오랜 설득 끝에 201호 여자 입에서 그런 말이 나왔다.

그 대답을 듣고 나서야 그와 해선은 자리에서 일어났다. 집으로 돌아오는 동안 두 사람 모두 말이 없었다. 집이 가까워질수록 꿈에서 깨어나듯 현실이라고 할 만한 것들이 구체적 형체와 모습을 띠고 차례로 그의 눈앞에 나타나는 것 같았다.

#

그는 아침 8시가 되기 전에 센터에 출근했고 출근 확인을 받은 뒤에는 지체 없이 검단으로 향했다.

그곳은 소규모 공장들이 밀집한 산업단지였다. 식당 서너 개와 상가 몇 개가 전부인 도로변에 차를 세워놓고 골목 안쪽으로 들어가면 대형 환풍기와 철제 지붕이 올려다보였고 알싸한 먼지 냄새와 매운 화학약품 냄새가 진해졌다.

공단 지역에서는 인터넷과 전화, 케이블 상품 등을 개

인에게 팔기 어려웠다. 공장 내 통신 계약을 담당하는 부서를 찾는 것도, 담당자를 만나는 것도 쉽지 않아서였다. 만난다고 해도 비용이나 기능 면에서 큰 차이가 없는 기존의 상품을 해지하고 굳이 새로 계약을 할 필요를 느끼지 못할 거였다.

한동안 그는 아무 용건 없는 사람처럼 공장 주변을 걸어 다니기만 했다.

보름이 지나서야 전봇대나 담벼락에 상품 카탈로그를 붙일 수 있었고, 공장 경비나 오가는 직원들에게 전단지를 건네볼 용기도 생겼다. 며칠이 더 지나자 자신이 파는 상품의 장점과 여러 가지 혜택들을 더듬거릴 수도 있게 되었다.

가격도 별 차이가 안 나네. 이래서야 누가 번거롭게 바꾸고 말고 하나.

요즘은 사은품을 현금으로 준다던데요. 아니에요?

중간에 해지하면 위약금 얼마나 나와요?

더듬거리고 머뭇거리는 그의 설명을 끝까지 듣는 사람은 드물었다. 사람들의 질문은 그의 말을 자르고 느닷없이 끼어들었다. 퉁명스럽고 무뚝뚝한 사람들의 표정을 마주할 때면 얼굴 전체가 딱딱하게 굳는 느낌이었다. 주눅이 들었고 말문이 막혔다. 그러면 끊어진 말을 찾듯 상품 파일과 매뉴얼을 또 한참 뒤적거릴 수밖에 없었다.

아이고, 딱합니다. 척척 다 알아서 설명해도 사람들이 들어줄까 말까인데, 그걸 그렇게 일일이 찾아보면서 뭘 팔겠다는 거요?

그런 핀잔이나 충고를 듣고 돌아설 때면 온몸에 힘이 빠졌다. 갑자기 아무것도 할 줄도 모르고 할 수도 없는 사람이 된 것 같아서였다. 자신 안의 어딘가에 금이 가고 부스러기처럼 뭔가가 조금씩 떨어지면서 점점 더 무능하고 형편없는 사람이 되어간다는 자책에 사로잡힐 때도 있었다.

그럼에도 그는 검단의 공장지대를 쉬지 않고 돌아다녔다.

아침부터 저녁까지. 그가 할 수 있는 건 잘 보이는 곳에다 광고지와 카탈로그 따위를 부착하고, 마주치는 모든 사람들에게 고개를 숙여 인사하는 것뿐이었다. 건성으로 고개를 까닥하며 지나치던 사람들은 더디게 마음을 열었다.

일찍 나왔네요.

먼저 알은체를 하는 경비가 생겨났고,

식사는 하셨어요?

그렇게 묻는 공장 직원들도 하나씩 둘씩 늘었다.

그는 식료품 공장에서 상하차 작업을 거들었고, 택배

상자를 날랐으며, 함바식당 간이 테이블을 조립하기도 했다. 설비 기계 아래 제멋대로 꼬인 전기 배선을 정리했고, 펑크가 난 트럭 타이어를 교체하는 데에 몇 시간을 매달렸으며 망가진 환풍구를 수리하기 위해 공장 지붕에 오르는 일도 마다하지 않았다.

그런 호의나 선의가 곧장 판매나 계약으로 이어지지는 않았다. 그는 조심했고 말을 아꼈다. 부주의하게 꺼낸 말이 오해를 불러오고 관계가 처음보다 더 서먹서먹해지는 경험을 몇 차례 했기 때문이었다. 그는 다만 무엇이든 할 생각이었다. 그렇게 생각해야 뭐든 할 수 있었다.

아저씨, 아저씨! 와이파이 해요? 와이파이, 와이파이 잘해요?

그리고 어느 토요일 오후. 깡마른 청년 하나가 주차장 펜스 안쪽에서 그를 불렀다. 그가 문 닫힌 공장 앞에서 광고지를 붙이고 있을 때였다. 청년의 말은 느리고 서툴렀지만 표정엔 활기가 있었다. 그가 다가가자 청년이 주차장 간이 문을 열었다. 들어오라는 의미였다.

와이파이 안 돼요. 고치는 거 해요?

그곳은 중국산 목이버섯을 들여와 건조한 다음 전국에 납품하는 공장이었다. 커다란 작업장 뒤에 직원 숙소가 있었다. 한 사람이 드나들 만한 통로 양쪽으로 컨테이너들이 빼곡하게 늘어서 있었다. 방향을 꺾을 때마다 통로는 조금씩 더 좁아졌고 한참 만에 청년이 어느 컨테이너의 문을 열었다. 매트리스 하나와 플라스틱 서랍장 두 개, 행거와 조그마한 좌식 테이블이 전부인 방 안에서 매운 향신료 냄새와 비누 향이 났다.

그가 테이블 아래 놓인 공유기와 모뎀을 살펴보는 동안 청년은 자신이 중국 충칭에서 왔으며 지금 가족들과 영상통화를 해야 한다고 더듬거렸다. 공유기 문제라는 건 금방 알 수 있었다. 얼마나 오래 사용했는지 공유기 표면이 노랗게 바래 있었다.

공유기가 낡은 데다 여러 사람이 한 회선을 나눠 쓰는 이런 곳에선 속도가 느려지고 신호가 제대로 잡히지 않는다는 그의 설명을 청년은 거의 알아듣지 못했다. 그는 차에서 공구와 장비를 챙겨 왔다. 그가 오래전 어느 가정집에서 수거해 온 중고 공유기를 연결하고, 인터넷 선이 휘어지지 않도록 창틀에 구멍을 내어 전선을 정리하는 동안 청년은 내내 조마조마한 얼굴로 그를 지켜봤다. 인터넷 창이 열리는 걸 확인하고 나서야 청년의 입에서 고맙다는 말이 흘러나왔다.

인터넷 상품 가입을 권했어야 했다는 후회는 나중에 들었다.

비슷한 일은 반복됐다. 외국 애들이 숙소로 쓰는 컨테이너는 오래되고 낡아서 외풍이 심했다. 그는 실리콘으로 구멍 난 부분을 메우고, 창틈과 문틈 사이에 단열재를 끼워 넣었다. 나일론 끈으로 빨랫줄을 매달아주거나 남는 합판으로 신발장과 선반 같은 것을 만들어주기도 했다. 구식 자전거나 망가진 행거 따위를 수리해줄 때도 있었다. 엉뚱한 곳에 시간과 힘을 허비했다는 후회도 잠깐이었다. 다시 보면 어느새 또 장비를 쥐고 더듬거리는 목소리를 따라 이리저리 움직이고 있었다.

주말에 특히 그런 부탁이 많았다.

좋은 사람. 고마운 사람.

청년은 동료들에게 그를 이렇게 소개했다. 청년의 이름은 차오였다. 주말이면 차오는 빈 주차장에서 족구를 했다. 근처 공장에서 일하는 동료들이 모이면 팀을 짜고 게임이 시작됐다. 땀이 흐르고 경쟁이 살아나면 자기네 나라말로 크게 소리를 치고 손뼉을 치는 모습을 볼 수 있었다. 시멘트 바닥을 디디는 발소리가 힘차고 경쾌했다. 차오는 높이 뜬 공을 쫓아가다가 중심을 잃고 자주 넘어졌다. 그러면 재빨리 일어나 공을 향해 발을 뻗었다. 그럴 때 그들은 멀리 타국에 돈 벌러 온 가난한 노동자가 아니고 단단하고 건강해서 뭐든 할 수 있는 뜨거운 젊음처럼 보였다.

차오! 저기 공 온다!

그런 식으로 차오의 이름을 스스럼없이 부를 수 있게 될 즈음 기회가 왔다. 근처 박스 공장 여자 기숙사에 인터넷과 TV 결합 상품을 판매하는 건이었다. 그는 영업이라는 것이 시간과 노력이 많이 드는 일이라는 걸 배웠다. 뭔가를 판매하려면 자신이 도움을 줄 수 있는 사람임을 먼저 증명해야 한다는 것을. 사람들이 사는 것은 단순한 물건이 아니고 그동안 쌓인 시간과 신뢰할 만한 관계라는 것을. 그것이 그동안 자신이 보여준 친절과 호의에 대한 대가라는 것을 깨달을 수 있었다.

그는 이틀 만에 계약서를 작성했고 그것을 임 팀장에게 제출했다.

이것이 거점 센터로 발령 난 지 두 달째 되던 무렵의 일이었고 12월에 회사가 약속했던 기본급은 모두 지급되었다.

이 일이 그에게 얼마간 자신감을 불어넣었다.

그는 사비를 들여 홍보 전단과 현수막, 명함을 새로 제작했다. 한눈에 알아볼 수 있도록 조건과 가격을 크게 적었고, 어렵고 복잡한 전문용어는 쉽고 간단한 단어로 바꾸었다. 하루가 멀다 하고 훼손되고 제거되던 현수막과 홍보 전단들이 이제 일주일이 지나도록 그 자리에 그대로 걸려 있었으므로 누구나 어디서나 커다랗게 적힌 그의 전화번호를 확인할 수 있었다.

인터넷 아저씨.

사람들은 그를 그렇게 불렀다.

여전히 상품 계약과는 무관한 일들을 부탁하는 사람들이 많았지만 다음 달에는, 내년에는 새로 계약을 하겠다고 약속하는 상가 주인들도 생겨났다. 경비들은 좁은 사무실 안쪽에 의자를 내주고 음료나 간식을 권했고, 관리자급 직원의 사무실과 연락처를 알려주는 직원들도 있었다.

그나저나 용하네. 용해. 거기서 계약을 다 따내고. 영업에 재주가 있어. 그런 생각 안 해봤죠? 사람은 또 닥치면 다 하게 된다니까.

어느 날 밤 술자리에서 대명 남자는 그렇게 그를 치켜세웠다.

닥치면 다 하긴 뭘 해. 나 있는 데는 저수지 메우고 이제 납골당 만든다고 난리야. 이제 죽은 사람한테 휴대폰을 팔아야 하나? 어떻게 생각해요? 내가 팔 수 있을까?

술기운이 오른 저수지 여자가 재미있다는 듯 깔깔거렸다.

처음부터 영업이라고는 배운 적도 없고 능력도 없는 사람들을 영업할 수 없는 곳에 밀어 넣고 어떻게든 뭐든 팔아보라고 다그치는 것과 다름없었다. 그는 자신이 왜 이런 덫에 걸려버렸는지 알 수 없었다. 덫이라고 생각하자 정말 그런 것처럼 생각됐고 자신도 모르게 가볍게 몸을 떨었다.

뭐가 문제였을까.

그는 오래도록 본사 현장팀에 소속되어 있었다. 새로운 일을 배우는 데 더딘 편이었고 두 가지, 세 가지 업무를 동시에 처리할 줄도 몰랐다. 그럼에도 매일 같은 시간, 비슷한 기계를 다루며 익히고 습득한 기술에 대한 자부심이 있었다. 일하는 동안엔 요령을 피우거나 게으름을 부리지 않았다는 떳떳함도 있었다.

물론 그가 내내 그런 생각에 사로잡혀 있는 건 아니었다. 예전에는 특별히 회사에 대해, 회사에서 보낸 시간에 대해 어떤 의미라는 걸 부여해본 적이 없었다. 그에게 일은 숨을 쉬고 밥을 먹는 것처럼 자주 잊게 되는 어떤 것이었다.

이유라면 그런 게 이유였을까.

아무래도 자신의 무디고 무심한 성격이 문제인 것 같았다. 더 민첩하게 굴었다면, 약삭빠르고 기민하게 처신했다면. 그러나 자신이 언제 어떻게 무엇을 해야 했는지 정확하게 짚어낼 수 없었다. 아니, 어쩌면 기억하지 못하는 어떤 명백한 잘못이 있을지도 몰랐다. 그는 자신이 저질렀을지도 모르는 과오를 찾는 데에 다시금 정신이 팔렸다.

이유? 이유야 많지. 내가 머리를 기르고 다니잖아. 이게 고객들한테 혐오감을 준다나 뭐라나. 한번은 백구두를 신고 나갔더니 그게 또 불량해 보인대요. 개새끼들. 숨 쉬는 것도 평가 대상이지.

대명 남자가 말하고 저수지 여자가 거들었다.

진짜 너무한 거야. 자기들이 우리한테 해준 게 뭐가 있다고. 안 그래? 참 옛날이 좋았지. 누가 간섭하길 하나. 종일 자리를 비워도 알길 하나. 시간 가면 월급 오르지, 퇴직금 쌓이지, 정년 되면 남들처럼 퇴직금 까먹으면서 살 줄 알았지. 안 그래요?

그는 대답하지 않았다.

긴 시간 회사를 통해 자신이 얻은 것과 배운 것, 바라고 원한 것. 이루고 누릴 수 있었던 모든 순간들을 부정할 마음은 없었다. 회사에 속해 있지 않았더라면 불가능했을 그 시간들 모두를 부인하고 싶지도 않았다. 회사에 쏟았던 시간과 노력이 다만 무의미하고 불필요한 일이었다고 말할 자신도 없었다.

내 말이 틀렸어? 그래? 이제 다 뽑아 먹었으니 나가라는 거지. 그렇잖아?

저수지 여자가 장난스럽게 팔짱을 끼면 갈산 남자는 조용히 웃었다. 그는 건성으로 고개를 끄덕이다가 담배를 챙겨 밖으로 나왔다. 밖은 캄캄했다. 밤 8시가 조금 넘었을 뿐인데 편의점 앞을 기웃거리는 젊은 애들 서넛이 전부였다. 헐렁한 운동복을 입은 외국인들이었다.

살벌해, 점점 더 살벌해진다니까. 단물만 다 빨아먹고 이제 빈손으로 나가라는 거지. 안 그래요?

어디 여기만 그런가. 다 그래. 다 그렇다고. 개새끼들. 못된 건 서로들 또 얼마나 금방 배우는지. 하는 짓거리들 보면 다 똑같아.

맞아. 못된 건 금방 배워. 왜 그럴까? 응? 왜 그런 거야?

85

문틈으로 높은 목소리와 굵고 낮은 웃음소리가 뒤섞였다. 그는 불쾌한 듯 몇 걸음 물러섰다. 그래도 아직은 모두가 회사에 속해 있는 처지가 아닌가 하는 생각이 들었고 그럼에도 아무 상관 없는 사람들처럼 회사와 관련된 모든 걸 부정하고 깎아내리려고 하는 그들이 이해되지 않았다.

어느 때고 조롱과 야유는 쉬운 것이었다. 무엇인가 믿고 기다리고 이해하는 데에는 어려움과 수고가 따르기 마련이었다. 그런 식으로 그는 얼마간 자신을 그들로부터 멀리 떨어뜨려놓았다. 저런 사람들이라면 이런 대우가 마땅하다는 생각이 들었고 몇 번 심호흡을 하고 나자 자신의 처지도 별다를 게 없다는 결론으로 되돌아왔다.

그럼에도 그들과 다르다는 생각은 버려지지 않았다. 그는 지금껏 단 한 번도 회사를 혹은 회사에서 보냈던 시간을 그런 식으로 말해본 적이 없었다. 그건 책임감과 소속감, 동질감 같은 단어로는 설명할 수 없는 것이었다. 회사에 대한 그의 마음은 확고하고 흔들림이 없었다. 그럼에도 겨우 저런 사람들의 시시껄렁한 대화에 왜 이토록 쉽게 마음이 상하는지 알 수 없었다. 그는 자신이 지켜왔고, 지키려고 하는 어떤 것들이 훼손되는 것을 더는 내버려두고 싶지 않았다.

그는 자리로 돌아와 짐을 챙겨 일어났다.

이봐요. 그렇게 까다롭게 굴 거 없어. 어차피 애써봐야 결국엔 다 똑같이 쫓겨난다니까. 그거 말고 확실한 게 뭐가 있어. 알 만한 양반이 뻣뻣하게 말이지.

그는 대명 남자의 말을 물리치듯 서둘러 식당을 나왔다. 찬 공기가 상기된 볼에 와 닿았다. 그는 점퍼를 목 끝까지 잠그고 두 손을 주머니에 넣은 채 드문드문 차들이 오가는 도로변을 따라 걸었다.

#

계약이 없던 이듬해 1월에 그의 월급은 30퍼센트가 삭감된 채 지급되었다.

영업직으로 업무 변경이 이뤄졌을 때 얼마간 월급이 줄어든 상태였으므로, 그와 해선은 그달 내내 새해 가계 계획을 안정적으로 세우는 데 매달려야 했다.

지출의 규모와 항목 같은 것들은 예상을 벗어났고, 줄일 수 있는 지출과 줄여야 하는 지출, 줄일 수 없는 지출에 대한 의견은 조금씩 어긋났다. 대화하는 내내 두 사람은 서로의 마음을 상하게 하지 않도록 몹시 주의를 기울였다. 준오의 학자금으로 모아두었던 정기예금과 그의 어머니 팔

순을 대비해 붓던 적금, 그들 부부의 보험료 납입을 1년간 중지하는 데에 그와 해선은 어렵게 합의했다. 그 돈으로 이 듬해 고등학교 2학년이 되는 준오의 교육비, 다세대 건물 의 1년치 대출이자와 고향 집 수리비 일부를 부담할 생각 이었다.

그리고 얼마 후 임 팀장의 호출이 있었다.

그는 자신이 새로 주문한 광고지와 명함을 챙겼다. 그 걸 통해 최선을 다하고 있다는 걸 보여줄 생각이었다.

몇 주 전에 외국 애들 기숙사에 공유기 교체해준 적 있 으시죠? 왜 그 중국 애들 쓰는 컨테이너 있잖습니까. 공유 기 교체해주셨다고 하던데요.

저녁 무렵 사무실로 돌아왔을 때 임 팀장은 그를 보자 마자 곧장 그렇게 물었다.

오후 7시가 조금 넘었을 뿐인데도 밖은 한밤중처럼 깜 깜했다. 그는 벽에 걸린 퇴근 장부에 시간을 기입하고 보고 서에 날짜를 적으며 대답했다.

아, 공유기요. 맞아요. 기억이 나네요.

볼펜을 쥔 손이 마음대로 움직이지 않았다. 그는 언 손 을 녹이듯 몇 번 주먹을 쥐었다가 폈다가 했다. 그리고 팀 장의 입에서 왜 그런 일을 했느냐는 질문이 튀어나왔다. 온

풍기 돌아가는 소리 탓에 그는 그 말을 한 번에 알아듣지
못했다.

　뭐 하러 그런 일까지 해주시냐고요.

　팀장이 한 번 더 말했을 때에야 그는 반사적으로 팀장
을 돌아다보았다. 질문이라기보다는 질책이나 힐난에 가까
운 말투였다.

　아니, 생각을 해보세요. 업무가 다르잖습니까. 그렇게
자꾸 개인적으로 편의를 봐주면 관할 수리 기사들은 어떡
합니까. 걔네도 다 수당 받고 일하잖아요. 정식으로 고장 신
고를 하라고 알려줘야지요.

　그가 대답할 말을 찾지 못하는 사이 임 팀장이 서랍을
열어 서류 몇 장을 꺼냈다. 수리 기사 중 누군가가 정식으
로 불만을 제기한 모양이었다. 그는 그날이 토요일이었다
고 말했다. 주말이면 외국 애들이 가족들과 영상통화를 하
고 친구들과 메시지를 주고받으며 시간을 보낸다는 말도
했다. 수리라고 할 만한 수준도 아니었고 다만 오래된 공유
기를 교체했을 뿐이라고. 어차피 공유기는 개인이 구입해
야 되는 물품이 아니냐고 되묻기도 했다.

　이번 한 번이 아니잖습니까. 티브이 안테나랑 케이블도
손봐주셨다면서요. 처음에 제가 말씀드렸죠. 업무 외의 일

은 하지 마시라고요.

임 팀장은 그가 사소하게 편의를 봐준 일들을 입에 올렸다.

그런 눈에 띄지도 않는 사소한 호의나 친절을 대단히 잘못된 것처럼 말했으므로 그는 점점 더 당혹스러워졌다. 그게 이토록 비난받을 만한 일일까 하는 의구심이 들었고 그것은 곧장 불쾌감으로 번졌다. 그는 그런 것조차 하지 않으면서 어떻게 친분을 쌓고 마음을 얻고 계약을 따낼 수 있는지 되묻고 싶었다.

글쎄. 본인 일이 아니면 하지 마시라고요. 그게 뭐 어렵습니까. 다들 자기 일만 하잖아요. 자기 일만 한다고요. 그게 서로 간의 예의라고요. 아시겠죠? 본인 일만 하세요. 다른 데 자꾸 신경 쓰지 마시고요. 길게 말 안 합니다. 신경 좀 쓰세요.

그리고 임 팀장이 한마디 더 했다.

회사 내부 이야기 하시는 것도 주의하시고요.

볼펜 끝에서 번져 나온 잉크로 손끝이 얼룩덜룩했다. 그는 볼펜을 쥔 손을 가만히 내려다보기만 했다. 그런 식으로 치밀어 오르는 무언가를 가만히 억누르는 거였다.

회사 내부 이야기라뇨?

한참 만에 그가 되물었고 팀장이 답했다.

아니, 원래 수리 기사였다고 말씀을 하셨다면서요? 수리하던 사람이 영업하러 다니면 사람들이 뭐라고 생각하겠습니까? 회사가 직원을 골탕 먹인다, 뭐 그렇게 생각할 거 아니에요.

그는 볼펜을 쥐고 다시금 보고서의 나머지 부분들을 채워 넣기 시작했다. 볼펜 끝이 종이에 닿았다가 떨어질 때마다 따각따각 하는 소리가 났다. 손끝에 지나치게 힘을 준 탓에 글자 여기저기 번진 자국이 선명했다. 그는 그 보고서를 팀장에게 제출했고 챙겨 온 홍보지와 전단지 몇 장을 책상 위에 올려놓았다.

무슨 말을 어떻게 들었는지 모르겠지만 난 그렇게 생각 안 합니다. 회사가 날 골탕 먹인다니, 도대체 누가 그런 말을 합니까. 어쨌든 잘 알겠습니다. 이만 갑니다.

그는 티슈로 모니터 화면을 요리조리 닦는 임 팀장에게 인사한 뒤 사무실을 나왔다. 그런 후엔 뜨겁게 열이 오른 얼굴을 손바닥으로 매만지며 곧장 차로 갔다. 숨을 쉴 때마다 하얗게 입김이 피어났고 그제야 모욕감과 모멸감 따위의 감정들이 선명해졌다. 그러니까 어두운 운전석에 앉아 그가 지켜보는 건 누구에게도 어디에서도 꺼내 보일 수 없는, 그러나 시도 때도 없이 자신의 내부를 훑고 가는 그런 감정인지도 몰랐다.

임 팀장이 한 말의 의미를 깨닫는 데에는 오랜 시간이 걸리지 않았다.

그가 판매한 상품에는 계속 문제가 생겼다. 네트워크 신호 세기가 들쑥날쑥해졌고 와이파이가 잡혔다가 말다가 했다.

아저씨, 일요일 인터넷 안 됐어. 잠깐 그랬어. 지금 괜찮아요.

박스 공장 기숙사 애들은 대수롭지 않게 여기는 것 같았다. 그러나 방송 채널이 줄고, 몇 시간씩 인터넷 연결이 지연되고, 수시로 그런 일이 발생하자 그를 찾기 시작했다.

이건 내가 해줄 수 없어요. 고장 신고를 해야 해요. 이 번호로 전화해서 고장 났다고 말해요.

그러나 고장 신고조차 신속하게 접수되지 않았다. 접수는 차일피일 미뤄졌고 그는 그것이 수리 기사 몇 사람의 고의적인 행동이라는 걸 직감했다. 자신들의 일을 뺏어 간 그에게 보내는 일종의 보복과 경고의 의미일 거였다. 누군가 통신주 단자의 신호기를 일부러 차단해놓은 걸 확인한 뒤로 의심은 확신으로 굳어졌다.

잘된다 했잖아. 거짓말이야. 고장 계속 나요.

차오와 차오의 동료들은 계속 그를 찾았다. 그가 할 수 있는 건 고장 접수를 해야 한다고 말해주는 것뿐이었다.

왜 못 고쳐? 고치는 거 안 해요?

수리나 보수는 이제 자신의 업무가 아니고, 자신의 업무가 아닌 일을 하게 되면 징계를 받을 수도 있다는 그의 말을 그들이 이해할 리 없었다.

차오를 비롯한 젊은 외국 애들과의 사이는 점점 더 서먹해졌다.

그가 인사를 건네면 다른 쪽으로 시선을 돌려버리거나 마지못해 인사를 받았다. 한꺼번에 식당으로 몰려가며 웃음을 터트리다가도 그와 마주치면 약속이나 한 듯 입을 다물어버렸다. 단 몇 주 만에 그는 물건만 팔고 나 몰라라 하는 사람이 되어 있었다. 그들이 자신을 얼마나 오해하고 있는지 알 수 없었으므로 기분은 수시로 바뀌었고 마음은 오락가락했다.

그는 종일 들썩이는 감정을 차분하게 다스리는 법을 배워야 했다.

그래도 어떤 감정들은 끝까지 남았다. 이를테면 금방이라도 그들이 고객센터에 전화를 걸고 계약을 해지할지도 모른다는 불안 같은 것이었다. 그런 생각은 잠이 드는 순간까지도 그를 괴롭혔다.

자신에 대한 불만의 말이 떠돌 거라는 생각. 앞으로 누구의 마음도, 신뢰도 얻지 못할 거라는 생각. 단 한 건의 계약도 성사하지 못할 거라는 생각. 회사에 불필요한 사람이 되어버릴 거라는 생각. 그런 식으로 회사가 자신을 내보내도 되는 너무나 충분한 빌미를 주게 될 거라는 생각. 생각은 불안한 쪽으로 계속 그를 밀어붙였고 그는 두 눈을 부릅뜨고 천장을 올려다보며 늦도록 잠들지 못했다.

그리고 1월 말 그에게 첫 번째 업무 촉구서가 발부되었다.

#

종규의 소식을 들은 건 설 연휴를 이틀 앞둔 토요일이었다.

그는 다세대 건물 옥상에서 그 전화를 받았다. 화분과 의자, 고장 난 선풍기, 개집 따위의 잡동사니들로 지저분한 옥상 출입구를 정리하고 옥상 바닥 한쪽에 바를 방수 페인트 뚜껑을 막 열던 때였다.

처음에 그는 잘못 걸려 온 전화라고 생각했다. 상대방의 목소리가 제대로 들리지 않은 탓이었다.

이종규, 이종규 씨요.

수화기 너머 상대의 목소리가 조금 더 커졌다. 종규의 아내였다. 종규가 입원 중이고 위독하다는 짤막한 내용을 들은 뒤에도 그는 할 말을 찾지 못했다. 그런 소식을 전한다고 하기에 종규 아내의 목소리는 너무나 차분했고 그래서 마치 남의 일을 이야기하는 사람처럼 느껴져서였다.

언제요? 그게 언젭니까?

그가 물었고 종규의 아내가 대답했다.

어제 오전이에요. 경황이 없어서 이제 연락드려요.

그는 곧장 병원으로 가겠다고 했다. 설 연휴가 긴 탓에 기차표는 모두 매진이었다. 그는 좌석을 구하지 못한 다른 사람들처럼 통로 쪽에 등을 바짝 붙이고 섰다. 창 너머 도심은 희뿌연 연무에 뒤덮여 있었다. 열차는 철교를 건너고 도심을 벗어나 속력을 냈다. 마르고 황량한 벌판이 이어졌고 빈 가지만 남은 겨울 산의 풍경이 구불구불 이어졌다.

그는 종규와 함께 입사하고 본사 현장팀에서 15년을 같이 일했다.

서로 결혼을 하고 가정을 꾸리고 아버지가 되는 모습을

지켜보았다. 종규가 다른 지부로 옮겨 간 뒤에도 몇 해간은 자주 안부를 주고받았다. 시간의 속도가 빨라지고, 만나는 횟수가 줄고, 한번 보자, 만나자, 그런 약속이 계속 미뤄지는 동안에도 인생의 어떤 중요하고 소중한 시간을 함께 지나왔다는 믿음과 고마움 같은 것이 그와 종규 사이에 머물러 있었다.

그런 식으로 그는 종규에 대해 생각하려고 애썼다. 애쓰지 않으면 생각은 탄성이 붙은 것처럼 자신의 처지에 대한 염려와 두려움으로 되돌아왔다. 지금은 종규를 걱정해야 할 때였다. 종규가 얼마나 다쳤는지 생각하고 종규 가족들을 위로할 방법을 찾아야 했다. 그럼에도 생각은 회사가 자신에게 발부한 업무 촉구서로 되돌아오고, 또 되돌아왔다. 이번 달에도 계약이 없으면 두 번째 업무 촉구서가 발부될 거였다. 업무 촉구서를 세 번 받은 뒤엔 근무지 변경과 업무 변경을 피할 수 없었다.

그는 자신이 확신할 수 없는 다음 달, 또 다음 달의 상황을 짐작하는 데에 자꾸만 정신이 팔렸다. 그래서 종규를 직접 마주했을 때에야 비로소 무슨 일이 일어났는지 실감할 수 있었다.

종규의 상태는 심각했다.

이종규.

간병인이 병실 앞에 붙은 이름표를 가리키지 않았다면 알아볼 수도 없을 정도였다. 그건 다만 얼굴과 가슴, 팔과 다리를 친친 동여맨 붕대 때문은 아니었다. 붕대 위로 스며 나온 연한 핏자국과 노란 얼룩 때문도 아니었다. 둔탁한 뭔가가 심장의 정중앙을 가격한 것 같았다. 그는 세차게 얻어맞은 사람처럼 조심스럽게 침대 난간을 붙잡았다.

종규야, 야, 이종규, 나 왔다.

그는 고개를 숙이고 종규의 얼굴 가까이 입술을 가져갔다. 잠겨 있던 목에서 쉿소리가 났다. 종규는 눈을 뜨지 못했다. 한참 만에 눈을 뜨고 그를 바라보는가 싶었는데 헛소리를 하며 발작을 일으켰다. 벌어진 입속에서 금방이라도 뜨겁고 매운 연기가 까맣게 쏟아져 나올 것만 같았다.

간호사가 왔고 그는 도망치듯 병실을 나왔다. 그런 다음 복도를 이리저리 걸어 다녔다. 누구라도 좋으니 아무 이야기나 하고 싶었다. 대화를 나눌 만한 사람은 보이지 않았다. 간병인은 한국말이 서툴렀고 종규의 아내는 일을 마친 뒤 저녁에나 온다고 했다. 그는 병실 앞 딱딱한 의자에 앉았다. 그렇게 얼마나 앉아 있었는지 알 수 없었다.

누군가 다가와 그에게 알은체를 하고 나서야 그는 저녁

이 되었음을 알아차렸다.

왔냐? 종규는? 들어가봤어?

한수였다.

빚을 내어 집을 사고, 상가 주인이 되고, 임대 수익으로 부동산에 재투자하면서 제법 큰 돈을 번다는 소식을 전해 듣긴 했지만 퇴사 이후로는 거의 만난 적이 없었다. 한수가 병실로 들어간 사이 상현이 왔다. 그는 오랫동안 만나지 못해서 묘하게 낯설어져버린 동료들과 기계적으로 인사를 나누면서도 병실 안으로 들어갈 엄두를 내지 못했다.

모르겠어요. 왜 이런 일이 생긴 건지. 노조 그만두고 나서 마음 잡았나 싶었는데 그날 아침에 또 사무실 앞으로 찾아간 모양이에요. 경찰에서 조사를 한다고 하긴 하는데 아시잖아요. 조사해봐야 뭐 하겠어요. 자기 분에 못 이겨서 저런 걸요.

종규의 아내는 담담했다. 그녀는 말수가 적은 편이었다. 늘 수줍은 얼굴로 새초롬하게 웃거나 가만히 고개를 끄덕이던 모습을 그는 기억하고 있었다. 그러나 이젠 표정이라 할 만한 게 없었다. 그는 생기와 활기가 모두 증발해버린 그 황량한 얼굴을 마주하는 게 괴로웠다.

얼마 안 됩니다. 보태 쓰세요.

그와 동료들이 얼마간의 돈을 건넸을 때도 종규의 아내는 고개만 까닥했다. 병원을 나서는 그와 동료들을 배웅하며 엘리베이터 앞에 서 있을 때도 그저 눈만 뜨고 있는 사람 같았다. 무엇을 보는지, 어디를 향하고 있는지 알 수 없는 눈빛이었다.

그는 동료들과 병원이 바로 내다보이는 해장국집에 자리를 잡았다. 음식이 나왔고 그는 허기진 사람처럼 짜고 매운 국물을 떠먹었다. 숟가락질을 멈추면 금방이라도 주워 담을 수 없는 어떤 말들이 쏟아져 나올 것 같아서였다.

넌 회사 다닐 만하냐? 요즘엔 어디 있다고 했지? 들어도 자꾸 까먹는다. 나이 들어서 그런가.

그에게 술을 따라준 건 상현이었다.

어디 있으나 똑같다. 다를 게 뭐 있어.

그는 그렇게 대답하고 말았다. 그러는 사이 후배 둘이 더 왔다. 그는 잠자코 그들이 주고받는 이야기를 들었다.

대화는 먼 과거에서부터 그들이 앉아 있는 시간 쪽으로 왔다. 속도는 더디고 느려서 눈치채지 못할 정도였다. 그러나 다시 주의를 기울였을 때 대화는 종규의 병실 안까지 들어가 있었다. 다시금 붕대로 온몸을 감싼 채 고통스러워하는 종규를 내려다보는 심정이 되었다. 그는 텔레비전 화면으로 시선을 돌렸다. 그런 다음 홀을 바쁘게 오가는 종업원들의 모습을 좇았다. 숟가락을 감쌌던 포장지를 목적 없이 조그마하게 접어보기도 했다. 어떻게 해도 불길한 예감이 가시지 않았다.

이야기는 종규에게서 종규 아내에게로 옮겨 갔다. 고등학생 딸과 중학생 아들에게로 건너갔다가 지병을 앓고 있는 노모에 이르렀다. 결국 그가 검단의 공장 지역 이야기를 꺼냈다. 동료들이 주고받는 이야기가 어디까지 나아갈지 알 수 없어서였다. 종규에 관해서라면 어떤 사정도, 짐작도, 추측도 더 들을 자신이 없었다.

그는 검단 공단에서 세 달을 일했고 간신히 인터넷 상품 하나를 팔았으며 지난달 업무 촉구서를 받았다고 떠들었다. 이대로 계약이 없다면 한 번 더 업무 촉구서가 발부될 테고, 세 번째 촉구서를 받은 뒤에는 또 어디에서 어떤 낯선 일을 하게 될지 모르겠다는 그의 말이 끝나자마자 한수가 말했다.

그만하면 오래 일했지. 할 만큼 했어. 그만둬라. 그거 그만두고도 할 일 많아. 기술 있겠다, 제수씨랑 너랑 모아놓은 돈도 좀 있을 거 아냐. 그걸로 뭐든 준비하면 되지. 뭘 못 해.

대꾸를 한 건 상현이었다.

준비는 무슨. 회사 나가고 다 너같이 잘산다는 보장 있냐. 말이 좋아 준비지 다들 모아둔 돈 거덜 내고 쫄딱 망했더라.

나라고 뭐 뾰족한 수가 있어서 회사 나왔냐. 인간들 하는 거 봐라. 오래 못 있어. 죽자 살자 버티면 골병만 들지. 안 그러냐?

회사에 목을 매면서 시간을 허비하느니 하루라도 빨리 다른 일을 찾아보라는 한수의 말을 그는 잠자코 들었다. 오래전 회사를 떠난 한수가 할 수 있는 말은 그런 것뿐일지도 몰랐다. 아직 회사에 남아 있고, 남아 있으려고 하는 사람들이 잃지 않으려고 하는 게 다만 얄팍한 월급 통장과 퇴직금뿐이라고 생각하는지 따져 물을 기운도 없었다.

그래. 그만해야지. 나도 힘들어서 더는 못 하겠다.

그는 그렇게만 대꾸했다. 어떤 대답을 기대하고 한 말도 아니었다. 회사에 남아 있는 한 경고니, 징계니 하는 일들은 앞서거니 뒤서거니 하며 그와 동료들을 차례로 찾아올 것이었다. 안도하고 등을 돌리면 어느새 뒷덜미를 낚아챌 것이었다.

그날 그가 확인한 것은 모두가 그의 상황을 너무나 잘

안다는 사실, 그래서 놀랍지도 특별하지도 않고 어디서나 누구에게나 일어나는 너무나 흔해빠진 일이 되어버렸다는 사실이었다.

#

그달 말에 그에게 두 번째 업무 촉구서가 발부되었다.

3월의 첫날 그는 박스 공장 기숙사로 갔다. 기온이 영하 10도까지 떨어진 날이었다. 박스 공장 앞에 도착했을 땐 진눈깨비 같은 눈이 비로 바뀌어 있었다. 그는 가져온 장비함을 내려놓고 절연장갑 몇 개를 챙겼다. 차오를 불러오겠다던 여자애는 30분이 지나서야 돌아왔다. 차오는 남자애 서너 명과 함께 왔다. 그는 못마땅한 기색이 역력한 차오를 데리고 화물 상자가 쌓인 적재장 뒤편으로 갔다. 그곳에 대형 통신단자함이 있었다. 그는 펜치로 살짝만 전선을 집은 뒤 피복을 벗겼다. 네 개의 가는 선이 드러나자 그는 그 선들의 피복을 벗긴 다음 같은 색끼리 꽈배기처럼 꼬았다. 이어 케이블과 모뎀 단자를 연결한 뒤 기계 신호를 확인했고 망가진 전선을 교체하는 법을 알려줬다.

차오는 금방 배웠다.

단자함 내부의 포트만 확인하고서도 연결의 유무를 단번에 알아차렸다. 반드시 확인해야 하는 케이블 선을 구분해냈고 끊긴 전선을 금세 복구해냈다. 그는 아무나 열 수 없도록 단자함에 작은 자물쇠를 채우라고 충고했고 절연장갑 세 켤레를 건넨 다음 공장을 나왔다.

비는 그쳐 있었다. 잿빛 구름 사이로 실금처럼 가늘게 노을이 보였다가 말다가 했다. 그는 테크, 산업, 부품, 정비 같은 간판들로 어지러운 좁고 구불구불한 지름길을 빠져나와 차를 세워놓은 곳까지 걸었다. 차는 그곳에 없었다. 처음 있는 일도 아니었다. 차를 어디다 세워뒀는지 잊은 채로 엉뚱한 쪽으로 걷다가 불현듯 정신을 차린 게 여러 번이었다.

한참 만에 그는 문 닫힌 식당 앞에 세워진 차를 발견했다. 시동을 걸고 히터를 켰다. 매서운 바람을 견디느라 잔뜩 경직되어 있던 몸이 천천히 풀렸다. 날은 이미 저물어 있었다. 그는 시트에 기댄 채 눈을 크게 떴다. 언젠가부터 시간은 그가 예상할 수 없는 영역으로 완전히 밀려난 것 같았다. 한 시간은 너무나 길었고 하루는 순식간에 지났다. 몇 분이 지났나 하면 서너 시간이 가버리고 일주일이 넘었나 하면 겨우 하루나 이틀이 지났을 뿐이었다.

그는 눈에 보이지도, 손에 잡히지도 않고 다만 자신을

관통해가는 시간을 주시하듯 숨죽인 겨울밤의 풍경을 오래 내다보았다.

외투였나.

머릿속에서 아주 오래된 기억 하나가 떠올랐다. 20년도 더 지난 일이었다.

겨울이었고 주택가에서 전화선을 연결할 때였다. 이웃에 사는 노인 하나가 그에게 무슨 부탁을 했다. 문짝을 고쳐달라는 것이었는지, 완전히 닫히지 않는 창문을 손봐달라는 것이었는지 정확히 기억나진 않았다. 장비나 공구가 흔하지 않던 시절이었다. 어디서나 그런 부탁이 흔했다. 그날 그의 사수는 그 노인에게 회사 점퍼를 줘버렸다. 싸구려 인조 양털로 만든 점퍼에는 커다랗게 회사 로고가 박혀 있었다.

아, 저 징글징글한 노인네. 더럽게 사람 귀찮게 하네.

투덜거리던 사수는 그해 연말 종무식에서 표창을 받았다. 그 일이 지역신문에 소개되고 사내에서 유명 인사가 된 덕분이었다. 쑥스럽고 겸연쩍은 얼굴로 시상대에 오른 사수를 그는 멀찌감치에서 지켜봤다. 그가 알던 사수는 표창장에 적힌 것처럼 봉사심이 투철한 것과는 거리가 멀었다. 항상 일을 미뤘고 자주 자리를 비웠으며 대체로 태만했다.

그러면서도 그가 받는 월급의 서너 배를 받았다.

억울하다거나 부당하다고 생각한 적은 없었다.

시간이 흐르면 회사가 자신에게도 그만한 대우를 해줄 거라는 확신이 있어서였다. 동질감과 소속감, 연대감 같은 것들이 늘 그를 커다랗게 둘러싸고 있었다. 그건 회사가 직원들을 대하고 품는 방식이었다.

그는 추위를 물리치듯 심호흡을 하고 시동을 걸었다. 지금이라면 결코 있을 수 없는 일이라는 생각이 들었다. 이제 회사는 그런 것을 원하지 않고 그렇게 해선 안 된다는 것을 이런 식으로 가르치려 한다는 확신이 들었다. 이제 무엇이든 그는 배워야만 했다.

3월 마지막 주가 되어서야 그는 비닐하우스 두 동에 무선 인터넷을 설치하기로 했다.

그곳은 공장이 즐비한 길에서 한참 벗어나 있었다. 공장지대를 가로질러 길 끝에 이르면 황량하기 이를 데 없는 한겨울의 빈 들판이 나타났고 산 아래 검은 비닐로 둘둘 말다시피 한 비닐하우스 두 동이 까만 점처럼 덩그러니 놓여 있었다.

계약서를 제출한 날 본사에서 설치 불가 통보가 떨어졌다.

여섯 식구가 거주하는 비닐하우스가 무허가 건물이어서 주소 등록이 불가능하다는 게 그 이유였다. 그는 땅 주인의 연락처를 알아내어 토지 주소를 쓰게 해달라고 사정했다. 통신선이 한번 들어오면 언제고 다시 사용할 수 있고 설치 비용은 자신이 부담하겠다는 이야기를 여러 차례 반복한 끝에 주인의 승낙을 얻었다.

계약서를 다시 제출했지만 결과는 마찬가지였다.

그날 오후 그는 비닐하우스로 갔다. 비닐하우스까지 가려면 황무지 같은 들판을 가로질러야 했다. 비가 온 뒤라 땅이 젖어 있었다. 그는 바지 밑단을 대충 걷어 올리고 걸었다. 젖은 흙이 구두에 달라붙고 바지 밑단이 축축해졌다. 그는 될 대로 되라는 심정으로 얼음처럼 차가운 땅에 발을 푹푹 꽂아 넣으며 걸었다.

비닐하우스 앞에서 남자 노인 하나가 쓰레기를 태우고 있었다.

우리 손주가 하는 일이라 나는 몰라. 걔는 저녁 다 돼야 올 텐데.

설치가 가능한지 둘러보러 왔습니다. 잠깐 둘러보고 갈게요.

노인이 막대기로 비닐봉지와 종잇조각 같은 것을 뒤적

거릴 때마다 작은 불티가 공중으로 솟구쳤다. 그는 비닐하우스 주변을 돌며 꼼꼼하게 사진을 찍었다. 그런 다음 차를 몰고 곧장 대리점으로 되돌아왔다. 그리고 그날 처음으로 팀장에게 목소리를 높였다. 산간 오지나 열 가구 남짓한 작은 섬에까지 케이블을 연결하면서 그곳은 왜 안 되느냐고 질문했고, 불가피할 땐 전신주를 빌려 쓸 수도 있는데 그런 가능성은 왜 고려하지 않느냐고 항의했다.

팀장은 마우스를 딸깍이며 느릿느릿 대꾸했다.

모르지요. 제가 뭘 압니까. 위에서 그러라고 하니 그럴 수밖에요.

그런 다음 뭔가 재미있는 걸 발견했는지 모니터를 바라보며 낄낄거렸다. 그는 비닐하우스 근처에 전신주가 두 개나 있고 그곳에서 선을 끌어올 수 있다고 설명했다. 팀장은 이렇다 할 대답이 없었다.

내가 직접 설치를 할 수도 있어요. 어려운 일이 아닙니다. 거기가 산 아래라서.

그가 그렇게 말했을 때 마침내 팀장이 고개를 들었다.

안 되는 건 안 되는 겁니다. 안 된다고 하면 그런 줄 아세요.

그가 무슨 말을 더 하려고 하자 팀장이 그만하라는 듯

손을 내저었다. 울컥하고 치솟는 것을 그는 간신히 억눌렀다. 눈 아래 피부가 불뚝거리기 시작했다. 그는 한 손으로 눈가를 누르고 숨을 고른 다음 자신이 다시 경고나 징계를 받으면 어떻게 되느냐고 물었다. 그가 이미 두 번의 촉구서를 받았다는 건 팀장도 모르지 않았다. 세 번째 촉구서가 발부된 후에는 누구에게나 예외 없이 전출 처분이 떨어진다는 것도 모르지 않을 거였다.

그러므로 그건 어떤 호소나 애원에 가까웠다.

저도 모릅니다. 저도 시키는 대로 해야죠. 어쩔 수 있습니까? 저도 죽겠습니다. 죽겠다고요.

팀장은 자리를 박차고 나가버렸다.

그로서는 비닐하우스 계약 건을 반드시 성사해야 했다. 그래야만 한 달을 무사히 넘길 수 있었다. 그는 본사에 의견서를 제출하고 사내 서버에 글을 올렸다. 오래전 연락이 끊어진 동료들에게 연락을 하고 설치 부서에 민원을 넣었다. 때때로 그런 일들을 하는 스스로가 놀라울 지경이었다. 그러나 그런 놀라움은 무엇이든 해야 한다는 초조함과 불안감 뒤로 밀려나버렸다.

그리고 그달 마지막 날 세 번째 업무 촉구서가 발부되었다. 임 팀장은 두 주 안에 업무지 변경이 있을 거라고 통보했고 더는 이곳에 출근할 필요가 없다고 잘라 말했다.

#

한 주 뒤에 해선이 미뤘던 손목 수술을 받았다. 그 문제로 그가 여러 차례 언성을 높이고 난 후였다. 해선은 습관처럼 손을 주무르다가, 진통제를 삼키다가, 보호대를 착용하다가 그와 눈이 마주치면 내일이라도 수술을 받으면 그만이라며 대수롭지 않게 답했다. 그런 식으로 차일피일 병원 가는 걸 미루는 거였다.

그러다 어느 날 밤 찌개가 담긴 냄비를 떨어뜨렸고 식탁 유리와 그릇들이 박살 나는 일이 있었다.

아픈 걸 고칠 생각을 해야지. 계속 미뤄서 어쩌려고 그래. 내일이라도 빨리 수술 날짜를 잡아.

그는 해선을 거실 쪽으로 내보낸 다음 난장판이 된 식탁을 치우기 시작했다. 깨진 유리 조각들은 치우고 치워도 계속 어디선가 반짝거렸다. 우유와 뒤섞인 벌건 양념 국물이 벽지를 타고 식탁 아래로 흘러내렸다. 그는 축축한 걸레로 바닥을 훔치며 조금 더 목소리를 키웠다.

내일이라도 수술 날짜를 잡으라고. 사람이 말을 하면

대답을 해야 할 거 아니야.

결국 그는 행주를 내던지고 벌떡 일어나 아내와 똑바로 눈을 맞췄다. 그런 다음 도대체 왜 병원에 가지 않느냐고 따져 물었다. 30분 안에 끝나는 간단한 수술인 데다 하루 이틀이면 회복이 된다는데 왜 이렇게 미련스럽게 구느냐고 해선을 몰아세웠다.

해선은 식탁 쪽으로 되돌아와서 말했다.

알았으니까 그만 나와. 내가 치울 테니까.

해선은 바닥에 엎드려 그가 하다 만 일을 했다. 소매를 걷어붙인 채 쏟아진 멸치와 무 조각들을 한곳으로 모으고 흥건해진 행주를 비틀어 짠 다음 바닥을 훔치고 또 훔쳤다. 손을 움직일 때마다 이를 악물고 통증을 참는 게 다 보였다.

그는 기어이 한마디를 더 했다. 수술을 받으라는 말에 화를 낼 필요는 없으며 다시는 같은 문제로 다투고 싶지 않다는 이야기였다. 해선은 무슨 말을 하려는 듯 잠깐 숨을 골랐지만 다시금 바닥을 닦는 데 몰두했다.

그리고 이튿날 수술 날짜를 예약한 건 그였다.

수술은 금방 끝났다. 수술을 마치고 나온 해선의 손목 부근에 꿰맨 자국이 생선 가시처럼 남아 있었다. 며칠간 해선을 대신해 그와 준오가 집안일을 맡았다. 필요한 일을 스스로 해야 했으므로 준오도 그도 집에 머무르는 시간이 늘었다. 마치 그 일이 세 식구가 결속하는 계기로 작용한 것 같았다.

토요일 저녁 배달된 치킨을 가운데 두고 세 식구가 둘러앉았을 때 해선이 말했다. 그가 곧 업무지 변경이 있을 거라는 이야기를 꺼낸 뒤였다.

더 먼 데로 보낸대? 진짜 너무들 하네. 사람들이 정말 너무하잖아. 20년 넘게 일한 사람한테 이게 할 짓이야?

그가 무슨 말을 하려고 하자 해선이 중얼거렸다.

정년이 아직 10년이나 더 남았는데.

그는 해선에게 주의를 주듯 목소리를 낮추었다.

정년 이야기를 왜 꺼내. 할 수 있으면 뭐든 하면 그만이지.

하던 일도 아니고 자꾸 딴 일을 시키니까 그렇지. 당신 힘들잖아. 아무리 그래도 그렇지. 사람이 뭘 준비할 시간은 줘야 할 거 아니야.

준오가 텔레비전 볼륨을 조금 더 키웠다. 상자를 열고 치킨 조각을 꺼내면서도 내내 텔레비전 화면에서 눈을 떼지 않았다. 화면 속에서 코끼리 한 무리가 나무도 강도 없는 메마른 땅을 걷고 있었다. 내레이터의 목소리마저 없다면 지루하다 싶을 정도로 정적인 장면이었다.

짭짤한 치킨을 조금씩 떼어 먹으며 텔레비전을 보는 세 식구 위로 침묵이 내려앉았다. 좁지도 넓지도 않은 거실을 채운 건 고기 씹는 소리와 텔레비전 소음뿐이었다. 그는 어둠이 내린 베란다 쪽을 내다보았고 울긋불긋하게 여드름이 올라온 아들의 얼굴을 곁눈질했다. 동그래서 귀엽기만 했던 두 눈은 가로로 길어졌고, 자그마한 코는 곧아져서 전체적으로 선명한 인상으로 바뀌고 있었다. 동물 친구가 되겠다던 아이의 꿈도 초등학교, 중학교 시절을 거치면서 사육사, 수의사, 구조활동가로 조금씩 더 구체화되는 중이었다. 그는 어느새 자신만큼 커진 아들의 손과 발을 내려다보며 물었다.

이제 2학년이라 정신없지. 공부할 것도 많고.

준오는 그와 잠깐 눈을 맞추고 고개만 까닥했다. 몇 마디를 더 던져봤지만 도무지 대답이라고는 할 줄 모르는 아들에게선 아무런 대답도 나오지 않았다. 잠깐씩 그와 해선을 바라보는 듯했으나 그가 무슨 말을 붙이려고 하면 다시금 텔레비전 화면으로 고개를 돌려버렸다.

결정이 언제 나는데? 아빠 일하는 데 말이야.

그리고 준오의 입에서 그런 말이 튀어나왔다. 여전히

텔레비전 화면에서 눈을 떼지 않은 채였다.

곧 결정 나겠지. 넌 신경 쓸 거 없어. 너 하는 공부나 열심히 해라. 지금은 멀어 보여도 금방 내년 되고 고3 되고 뭐든 금방이야.

준오는 캔 콜라 하나를 다 비우고 일어났다.

그럼 나 공부하러 간다.

그는 껑충하게 자란 아들이 방으로 들어가는 모습을 지켜보았다. 그런 순간엔 내내 뭔가를 움켜쥐느라 경직되어 있던 마음이 느슨해지고, 그래, 이만하면 됐지, 하는 생각도 하게 됐다.

그가 아는 삶의 방식이란 특별할 것 없는 가정에서 태어나고 자라서 어른이 되고, 자신이 자라온 것과 비슷한 가정을 꾸리고, 매일 같은 시간에 출근하고 퇴근하면서 자신이 선택한 것들에 책임을 다하는 것이었다.

만족스러운 삶. 행복한 일상. 완벽한 하루. 그런 것들을 욕심내어본 적은 없었다. 만족과 행복, 완벽함과 충만함 같은 것들은 언제나 눈을 깜빡이는 것처럼 짧은 순간 속에만 머무는 것이었고, 지나고 나면 손에 잡히지 않는 어떤 것에 불과했다. 삶의 대부분은 만족과 행복 같은 단어와는 무관하게 흘러가고 그런 아무것도 아닌 것들이 쌓여 비로소 삶이라고 할 만한 모습을 갖추게 된다고 그는 믿었다.

당신은 가만히 있어. 내가 하면 돼. 그냥 둬.

식사가 끝난 뒤 페트병과 치킨 상자 같은 것을 정리하고, 남은 음식들을 한데 모으고, 설거지를 하는 동안 그는 자신이 회사로부터 날아올 소식을 이런 식으로 대비하고 있는 게 아닌가 생각했다. 미뤘던 해선의 수술을 서두르고, 식구들과 저녁 시간을 보내고, 스스로에게 괜찮을 거라는 다짐을 끊임없이 반복하면서 앞으로 닥쳐올 시간을 각오하는 게 아닌가 하는 생각이 들었다.

그러나 자신이 정확히 무엇을 어떻게 얼마나 대비하고 준비하고 각오할 수 있는지 알 수 없었다.

#

종규는 34일을 버텼다.

35일째 되던 화요일 오후에 그는 그 전화를 받았다. 종규의 아내는 오늘 아침 그 사람이 호흡을 멈췄다고 말했다. 그 말은 묘하게도 종규 스스로 그것을 선택했다는 것처럼 들렸다.

그는 오후 6시가 훨씬 넘어서야 장례식장에 도착했다.

5층 규모의 병원 장례식장 건물은 드나드는 사람들로 몹시 붐볐다. 1층 로비에서 장례식장을 확인한 뒤 그는 곧장 3층으로 갔다. 종규의 이름이 적힌 조문 화환들이 엘리베이터 바로 앞까지 늘어서 있었다. 그것이 본사에서 보낸 화환이라는 건 나중에 알았다. 그는 조의금을 낸 뒤 빈소로 들어섰다. 그런 후엔 향을 피우고 친구의 영정 사진을 향해 두 번 절했다. 상복을 입은 종규의 아내는 담담하게 예를 갖췄다. 그도 그렇게 했다. 비통함과 애통함 같은 건 찾아볼 수 없었다. 그에겐 그 모든 일이 거짓말처럼 느껴졌고 이상할 정도로 실감이 나지 않았다.

9시가 되기 전에 한수가 도착했고 상현이 왔다. 그러는 동안에도 접객실은 한산하기만 했다. 자정이 지나자 어떤 쓸쓸함과 적막함마저 느껴질 정도였다. 그는 동료들과 계속 자리를 지키고 있었다. 빈속이었고 계속 술잔을 비우는데도 정신은 또렷해지기만 했다.

그리고 새벽 무렵 한 무리의 사람들이 들이닥쳤다. 두꺼운 점퍼를 껴입은 남자들이었다. 검은 정장을 갖춰 입은 사람들 사이에서 그들의 차림새는 도드라졌다. 그들이 빈소 밖에서 종규의 아내를 불러내고, 곧장 용건을 꺼내는 모습이 그가 앉은 자리에서 분명하게 보였다.

그건 저희가 확실하게 말씀드릴 수 있습니다. 믿으셔도 돼요.

안 합니다. 안 해요.

나지막하게 오가던 목소리가 점점 커졌다. 접객실 안쪽에 앉은 그의 귀에까지 또렷하게 들릴 정도였다. 사람들 사이로 표정 없는 종규 아내의 얼굴이 잠깐씩 보이다가 말다가 했다.

야, 야. 그냥 앉아 있어.

몸을 일으키려는 그를 제지한 건 상현이었다. 그들이 노조 사람들이고, 끼어들면 상황이 더 곤란해질 거라고 상현은 충고했다. 괜한 시빗거리를 던져주지 말라는 거였다. 그와 동료들은 주변 사람들의 말을 물리치듯 거절하는 종규 아내의 단호한 목소리를 듣고만 있었다.

장례 좀 미룬다고 큰일이 나나요.

점퍼를 입은 사람들이 돌아가고 인적이 드문 주차장에 마주 섰을 때 종규의 아내가 입을 열었다. 상현이 노조 사람들과 무슨 이야기를 했느냐고 거듭 묻고 난 뒤였다. 종규 아내는 노조 사람들이 종규의 장례를 미룰 것을 제안했다고 말했다.

지난 5년간 업무지원단 소속이었던 종규에겐 아무런

직책도 직무도 없었다. 능력과 경력에 맞는 직책과 직무를 달라고 요구한 게 5년간 종규가 한 일의 전부였다. 전단지를 돌리고 구형 모뎀을 수거하고 폐전선과 망가진 기계 부품을 분해하고 처리하는 일은 처음부터 종규가 할 일이 아니었다. 하루 종일 낯선 동네를 빙글빙글 돌며 통신주의 상태를 확인하고, 전파 세기를 기록하는 일도 마찬가지였다.

그 사람들한테 장례를 맡긴다고요? 장례를 언제 할 줄 알고요? 한 달이고 두 달이고 계속 미룰 겁니다. 1년이 넘어갈 수도 있어요. 아시잖아요.

한수가 그녀를 만류하고 나섰다. 어떤 식으로든 종규의 죽음이 노조 시위나 파업에 이용되는 건 그도 원하지 않았다. 그러나 종규의 아내가 묻는 건 그들의 의견이 아니었다. 그녀의 입에서 건조하고 가라앉은 목소리가 흘러나왔다.

저 사람들 말대로 이게 정말 산재로 처리될 수 있어요? 회사를 상대로 보상을 요구할 수 있어요? 그럼 얼마나 받을 수 있어요?

그녀는 본사 법무팀에서 연락이 왔다고도 털어놓았다. 몇 장의 서류에 서명을 하고 장례 절차 전부를 회사에 일임하면 위로금을 부족하지 않게 주겠다는 제안을 받았다고 했다. 그는 먼 쪽으로 고개를 돌려버렸다. 저 여자는 남편의 죽음을 앞에 두고 그것의 값어치를 저울질하고 있구나. 그런 생각이 들었고 한편으로 그럴 자격도 권리도 없이 옳고 그름을 따지는 스스로가 역겨웠다.

회사니 노조니 종규 살아 있을 때 얼마나 힘들게 했습니까? 마지막 가는 길인데 가족들이 보내주셔야죠. 노조장으로 장례를 치른다니. 언제 할 줄 알고요? 그렇다고 회사 인간들. 그 인간들은 믿을 수 있습니까? 아무도 못 믿습니다. 종규 이렇게 될 때까지 아무것도 한 게 없잖아요. 회사나 노조나 뭘 했습니까.

상현의 목소리가 조금 더 커졌다. 그도 무슨 말인가를 보태려고 했다. 그러자 종규 아내가 작정한 듯 고개를 들고 그와 동료들을 올려다보았다.

너희는 뭘 했냐.

그렇게 묻고 있는 듯한 그 두 눈을 그는 똑바로 바라볼 수 없었다.

노조에서 하든 회사에서 하든 무슨 상관인가요. 어차피 죽은 사람인데 장례 치르는 게 뭐 대수예요. 어떻게 생각하셔도 상관없어요. 저랑 애들은 살아야죠. 공부도 시켜야 하고 나중엔 결혼도 시켜야 하고. 사는 동안 무슨 일이 벌어질지도 모르는데 그럼 저희는 어떡하나요? 전 돈이 필요해요. 정말 그래요. 돈이 필요해요.

몇 시간 뒤, 노조 사람들이 다시 왔다.

전세버스에서 차례로 내리는 사람들의 모습이 그가 서 있는 장례식장 창가에서 바로 내다보였다. 건물 입구를 지키고 있던 본사 사람들이 문을 닫아걸기 시작했다. 걸쇠를 걸고 유리문 손잡이에 나무 막대를 끼운 뒤 문을 등지고 일렬로 섰다.

잠시면 됩니다. 기다리세요.

출입은 통제되었다. 사람들이 항의해도 소용없었다. 멀찌감치 팔짱을 끼고 서 있는 병원 관계자들도 이 소란을 막을 마음이 없어 보였다. 유리문을 사이에 두고 본사 사람들과 노조 사람들이 마주 섰다. 고성이 오갔고 두꺼운 유리문이 덜컹거렸다. 뭔가 부서지고 깨지고 박살 나는 소리가 점점 격해졌다.

경찰이 출동했고 버스에서 내린 전경들이 건물을 에워쌌다. 노조 사람들을 향해 해산하라고 경고하는 확성기 소리가 고요한 장례식장을 쩌렁쩌렁 때렸다.

그러는 동안에도 종규의 아내는 빈소 끝에 걸터앉은 채 말이 없었다.

바깥의 소란스러움이 결코 훼손할 수 없는 체념과 비통

같은 것이 종규의 아내를 사로잡고 있었다. 그와 동료들은 종규의 아내로부터 번져오는 적막 속에 서 있었다. 모두 말이 없었다. 하고 싶은 말도 할 수 있는 말도 더는 찾을 수 없었다.

그리고 그제야 모든 게 생생하다 싶을 정도로 실감이 났다. 종규를 홀로 있게 하고, 소리치게 하고, 결국 죽음으로 내몰았을지도 모르는 그런 것들을 이렇게 똑바로 바라봐야 하는 것이 이제 남은 사람들이 할 수 있는 유일한 일인지도 몰랐다. 아무것도 할 수 없다고 생각하면서 여전히 아무것도 하지 않는 스스로를 마주해야 하는 벌을 받고 있는 것인지도 몰랐다.

새벽 5시가 넘은 시각이었지만 밖은 여전히 깜깜했다. 그가 한 일은 전쟁 같은 이 소란이 어서 끝나기만을 바란 것뿐이었다. 아무런 죄책감도 부끄러움도 없이 지속되는 이 악다구니가 환한 아침 아래 드러나는 것만은 보고 싶지 않다고 중얼거린 게 다였다.

날이 밝을 무렵이 되어서야 종규의 시신을 실은 미니버스 한 대가 장례식장 건물을 빠져나갔다. 노조 사람들을 태운 전세버스 두 대가 그 뒤를 따랐다. 도저히 끝날 것 같지 않던 대치 상황도 그렇게 끝이 났다.

종규의 분향소는 역 앞 광장에 마련되었다.

저녁이 되자 비가 내리기 시작했다. 천막을 때리는 빗소리가 점점 커졌다. 그는 사람들로 붐비는 천막을 나와 주변을 서성거렸다. 대부분 노조 사람들이거나 그들이 동원한 사람들이었다. 몇 걸음 떨어져서 보면 사람들이 손으로 감싼 촛불들이 작아지고 커지고 흔들리면서 저절로 움직이는 듯했다. 오가던 사람들이 호기심 어린 눈으로 천막 쪽을 힐끔거렸다. 휴대폰으로 사진을 찍는 외국인들도 있었다.

그는 임시로 만든 연단 위에 놓인 종규의 영정 사진을 올려다보았다. 사람과 차들이 만들어내는 소음 속에 종규의 죽음이 있었다. 노조 사람들이 차례로 올라와 준비한 말을 했다. 이야기는 종규의 죽음에서 시작되었고 회사에 대한 분노와 비인간적인 처우로 옮겨 갔다. 국가, 자본, 세계와 빈곤 같은 거대한 단어들에 다다랐을 때는 종규의 죽음 같은 건 증발하듯 사라지고 없었다.

종규의 죽음은 종규의 책임이 아니고 그를 거기까지 내몬 회사에 있다는 노조 사람들의 말에 동의하지 않는 건 아니었다. 그러나 종규는 그들이 말하는 것처럼 내내 힘없고 나약한 피해자로만 살았던 게 아니었다. 시키는 대로 하고, 내내 끌려다니고, 결국 죽음까지 내몰린 희생자로만 살아온 것도 아니었다. 종규는 누군가의 아들이었고 남편이었고 아버지였으며 친구였고 동료였다. 그러니까 종규의 삶에도 타인이 결코 짐작할 수 없는 성취와 감동, 만족과 기쁨, 즐거움과 고마움의 순간들이 있을 거였다.

그러니까 그런 선택을 감행하면서까지 종규가 지키고 싶었던 것들을 그는 그곳에 서고 나서야 비로소 짐작해볼 수 있었다.

그렇게까지 할 필요가 없었다는 생각. 그래선 안 되었다는 생각. 그럼에도 그렇게 할 수밖에 없었던 마음 같은 것들을 헤아리는 동안 그의 내부를 채운 건 미안함이었다. 미안함 속에서 후회와 슬픔의 감정들이 살아났다. 허무함과 허탈함 같은 것들이 뒤따라왔고 뭐라고 이름 붙일 수 없는 감정들이 차례로 일어났다. 그는 스스로 지펴졌다가 사그라드는 내부의 감정들을 우두커니 지켜보았다. 그렇게 하는 것 말고 달리 어떻게 종규의 죽음을 애도할 수 있는지 알 수 없었다.

사는 동안 그는 단 한 번도 어느 한쪽으로 완전히 기울어진 적이 없었다. 객관적이고 현실적이어야 한다는 강박은 내내 그를 그림자처럼 따라다녔다. 어느 쪽도 아닌 중립을 지키려고 했고 어떤 순간에도 균형을 잃지 않으려고 애썼다.

그래서 종규의 부탁을 매번 거절할 수 있었는지도 몰랐다. 바쁘다. 모른다. 어렵다. 그런 말로 회사와 맞서고 있는 종규를 자신으로부터 멀리 떨어뜨려놓았는지도 몰랐다. 종규의 처지가 영원히 자신과는 무관한 일이라고 믿고 싶었는지도 몰랐다.

그는 시위 현장으로부터 한 걸음, 두 걸음 물러섰다. 그런 다음 아무 상관도 없는 사람처럼 이리저리 걸어 다녔다. 편의점 앞에서 담배를 피우고 휴대폰 화면을 들여다봤다. 그는 이제 종규의 죽은 몸이 어디에 어떻게 보관되어 있는지도 알지 못했다. 모든 게 노조의 소관이 되어버린 탓이었다.

아무리 그래도 이건 아니지 않아? 다들 참 지독하네.

종규의 영정 사진과 위패가 거리로 옮겨지고 작은 분향소가 마련되고 그 주변에 차례로 세워지던 피켓과 조명, 스피커 같은 것들을 못마땅하게 지켜보던 상현이 가장 먼저 돌아갔다. 내내 연단 쪽을 노려보며 말이 없던 한수도 돌아갔다.

그는 자정이 다 되어서야 그곳을 나왔다. 종규 아내에

게 무슨 말인가를 하고 싶었지만 막상 얼굴을 마주하자 끝내 어떤 말도 나오지 않았다. 놀랍게도 수척하고 고단하게만 보였던 그녀의 얼굴에 어떤 기대 같은 것이 어른거리는 게 보였다. 그러자 못 볼 것을 본 것처럼 묘한 불쾌함과 씁쓸함이 감돌았다.

3

그는 지방 소도시 시설1팀으로 발령 났다.

1년간 수리, 보수 및 설치 업무를 담당하고, 업무 평가가 좋으면 재고용을 보장한다는 회사의 약속이 있었다.

4월 둘째 주 월요일 아침. 그는 트렁크를 끌고 집을 나섰다. 7시가 되기 전 고속버스에 올랐고, 새로 발령받은 지부에 도착한 건 오전 11시가 훨씬 넘어서였다. 그곳은 사방이 논밭인 시골 마을이었다. 분기국사라는 조그마한 팻말을 발견하지 못했다면 흙먼지가 날리는 길을 얼마나 더 걸었을지 몰랐다. 트렁크를 끌 때마다 굵은 흙과 자잘한 돌멩이 같은 것들이 튀어 올랐다.

2층 주택을 개조해서 만든 분기국사는 농가에서 멀리

떨어져 있었다. 얼핏 보면 버려진 가옥 같았고 외딴 창고 건물처럼 보이기도 했다. 사람들은 대형 통신장비와 중계기, 전압기 등이 설치된 1층 설비실 앞에 모여 있었다. 그가 다가가려고 하자 누군가가 손으로 2층을 가리켰다. 그는 트렁크를 끌고 좁은 철제 계단을 올라갔다.

일찍 오셨네요. 오시는 데 힘드셨지요?

사무실에서 나온 사람은 키가 크고 젊은 남자였다.

안용국입니다. 여기 계신 분들은 국장이라고 부르는데 편하게 부르시면 됩니다. 어차피 정식 직함이 아니라서요. 설치팀으로 오신 거죠? 여기 계신 분들은 거의 다 업무지원단 소속이에요. 인사는 차차 하시면 될 테고. 아, 물이라도 한 잔 드릴까요?

사무실을 드나드는 사람들은 구경하듯 그를 건너다보고 고개를 까딱했다. 그런 후엔 휴대폰을 들여다보거나 잡지를 뒤적거리는 자신의 일로 되돌아갔다. 안 국장은 그가 시설1팀에 배정되었다고 알려주었다. 거기 속한 사람은 단 둘뿐이라는 설명을 한 뒤, 문밖으로 고개를 내밀고 누군가를 찾기 시작했다. 한참 만에 한 사람이 사무실 안으로 들어왔다. 자신보다 네댓 살 많아 보이는 여자였다. 살집이 붙은 둥근 체형 탓에 나이가 더 들어 보이는 건지도 몰랐다.

여기는 황종이 여사님. 내일부터 두 분이 같이 일하시면 됩니다. 오셔서 출근 확인 받으시고 퇴근할 때는 상황 봐서 하시고요. 작업 완료되면 보고서는 앱으로 올리시면 됩니다. 본사에서 사용하시던 거랑은 좀 다를 텐데, 사용할 줄은 아세요?

국장은 그에게 작업용 애플리케이션을 사용하는 방법을 알려줬다. 앱을 통해 업무 지시가 떨어지고 보고를 올리고 작업 진행을 확인할 수 있다는 설명이 이어지는 동안에도 그는 애플리케이션을 제대로 설치하지 못했다. 자꾸 엉뚱한 버튼을 눌렀고 화면이 처음으로 되돌아갔다. 마음이 급해졌고 그럴수록 더 허둥거리게 됐다.

이리 줘봐요.

그렇게 말한 건 곁에 서 있던 여자였다. 여자는 휴대폰을 낚아채듯 가져가버렸고 금세 애플리케이션 설치를 끝내고 그것을 되돌려주었다.

숙소는 어떻게 하기로 하셨지요?

국장이 물었다.

오늘은 간단한 업무 파악을 하고 내일부터 정식 업무를 시작하면 된다는 설명을 들은 직후였다. 밖에서 누군가 식사가 도착했음을 알렸다. 소파에 앉아 있던 서너 사람이 몸을 일으키고 느릿느릿 바깥으로 나갔다. 커다란 플라스틱 바구니 앞에서 노란 도시락을 꺼내는 사람들이 그가 서 있는 곳에서 내려다보였다.

사택을 제공해주시는 게 아닙니까?

그가 물었고 국장이 답했다.

여기 상황을 자세히 못 들으셨군요. 미리 전화를 해달라고 그렇게 부탁을 하는데도 왜 확인을 안 하는지 모르겠네요. 담당자들 말입니다. 아무튼 사택이 있긴 해요. 그런데 지금은 빈 곳이 없어요. 있으면 당연히 드려야 하는데 다른 지부 사람들도 여기 와 있는 데다 한 집에 서너 분씩 생활하고 계셔서 지금은 자리가 없어요.

국장의 말투와 태도 같은 것들이 지나칠 정도로 공손하게 느껴졌으므로 그는 잠시 말을 고르고 있었다. 매운 양념 냄새와 고소한 기름 냄새 같은 것들이 올라왔다.

이야기 중인데 미안해요. 말이 나왔으니까 말인데 국장님, 보일러가 안 돼서 너무 추워요. 고쳐준다는 말은 한참 전에 하셔놓고. 아무리 봄이라지만 아침저녁으로 쌀쌀하잖아요. 물 데워서 샤워하는 것도 한두 번이지. 정말 죽겠어요.

곁에 서 있던 황 여사가 끼어들었다.

128

여사님, 그 이야기는 나중에 따로 하시죠.

국장은 부드럽게 여자를 만류하고 그에게 다시 말했다.

상황이 이렇다 보니 뭐라고 말씀을 드려야 할지 모르겠네요. 아무튼 당분간 계실 곳을 개인적으로 알아보셔야 할 겁니다.

그는 낯선 지역인 데다 하루 이틀도 아니고 개인적으로 숙소를 구할 수는 없지 않느냐고 되물었다. 국장은 동의하는 듯 고개를 끄덕였지만 그뿐이었다.

제가 본사에 다시 문의를 넣어보긴 하겠습니다만 어떻게 될지는 모르겠네요.

국장은 한참 만에 그렇게 대꾸하고 자리로 돌아가버렸다.

어디서 오셨어요? 원래 설치팀에 계셨어요? 자원해서 오신 건 아니죠? 하긴 이런 깡촌에 자원해서 왔을 리가 없지. 그나저나 식사도 제대로 못 했겠네. 도시락 하나 갖다줘요? 보긴 저래도 맛은 괜찮아요. 안 나온 사람들 있어서 매일 몇 개씩 남으니까 하나 갖다 먹어도 몰라. 하나 먹어요.

말을 거는 사람은 여자뿐이었다. 다른 사람들은 그에게 조금의 호의도 친절도 보이지 않겠다는 듯 냉랭하게 굴었다. 그는 못 이긴 척 한쪽 벽에 세워둔 트렁크를 끌고 밖으

로 나왔다. 자신 곁에서 계속 목소리를 높이는 여자의 존재
가 부담스럽고 불편했지만 한편으론 대화를 나눌 수 있는
누군가가 있다는 게 다행스럽게 느껴지기도 했다. 그는 여
자가 가져다준 도시락 하나를 먹었다. 식은 밥은 푸석푸석
했고 돼지고기볶음과 우엉조림은 기름 냄새가 강했다. 그
럼에도 허기가 좀 가시고 나자 곤두서 있던 몸과 마음이 누
그러지는 듯했다.

사람들은 도시락으로 점심을 해결한 뒤에도 계속 그곳
에 머물렀다. 세 대의 작업 차량도 마찬가지였다. 사람들은
신문을 읽고, 나무 아래 박스를 깔고 누웠으며, 장기판을 가
운데 두고 장기를 두기도 했다. 그는 분기국사 주변을 크게
한 바퀴 돌았다. 모른다는 대답으로 일관하는 본사 담당자
와 서너 번의 통화를 나누는 동안 느닷없이 알 수 없는 곳
으로 내던져진 것 같던 당혹스러움도 차츰 잦아들었다. 날
이 저물면 시내 쪽으로 나가볼 생각이었다. 여관이든 모텔
이든 잘 만한 곳을 알아보고 장기적으로 지낼 곳을 천천히
찾아볼 계획이었다.

우리 사택에 잡동사니 보관하는 방이 하나 있는데, 괜
찮으면 거기 당분간 있어요.

그리고 해가 지기 전 누군가 그에게 이렇게 말했다. 땅

거미가 진 마당 앞에 퇴근 확인을 받으려는 사람들이 길게 줄을 서 있을 때였다.

최요. 그냥 최라고 불러요. 이런 데서 피차 이름 알아봐야 좋을 게 뭐 있어.

모자를 눌러쓴 남자는 자신을 그렇게 소개했고 한마디 더 했다.

어차피 오래는 못 있어요. 당분간만 있으라는 거지.

#

사택은 회사에서 차로 10분 남짓한 거리였다.

그날 밤 그는 사택을 쓰는 두 사람과 늦은 저녁을 먹었다. 싱크대 쪽에 등을 붙이고 앉으면 크기가 다른 방 세 개와 화장실이 한눈에 들어왔다. 큰방을 제외하면 나머지 두 방은 한 사람이 누우면 꽉 찰 정도로 좁았다. 반쯤 문이 열린 화장실 내부는 얼핏 보기에도 몹시 낡아 보였고 주방과 싱크대도 마찬가지였다.

최가 파를 썰어 넣은 라면을 끓여 왔다. 최가 먼저 라면을 덜고, 곁에 앉은 권이 덜고, 마지막으로 그가 한 국자 덜 때 최가 중얼거렸다.

일을 줘야 하지. 일을 만들어서 하나. 업무지원단이라 니. 이름은 잘도 갖다 붙여요. 업무지원단이 뭐 하는 덴 줄 알죠?

최는 지난 3년간 해안 지역 업무지원단에 있었다고 말했다. 말이 업무지원단이지 직급도 직무도 없는 곳이었다. 처음 회사는 집에서 두 시간 거리에 있는 지부의 업무지원 단으로 발령을 냈고 이듬해부터는 사택이 없으면 지낼 수 없는 해안 지역 업무지원단으로 발령을 냈다고 했다.

개놈들. 멀리 보내고 더 멀리 보내면 등신처럼 나 나갑 니다, 하고 나갈 줄 아는 모양이지.

최는 출퇴근이 가능한 곳으로 옮겨달라고 끈질기게 요 구하며 버텼다고 했다. 그러다 노동조합에 가입했고 조합 원이 된 후에야 사택이 있는 이곳으로 옮겨 올 수 있었다고 했다.

겁을 내는 거지. 겁을. 그래도 노조라고 하면 겁은 내잖 아요.

그는 최의 말이 끝날 때까지 기다렸다가 종규의 이야 기를 잠깐 했다. 종규가 노조에 가입하고 몇 년간 그곳에서 일했다는 말이었다.

그래요? 어느 지부에 있었는지는 모르고요?

최가 물었다.

그가 종규가 살던 도시의 이름을 말했다. 그러자 그곳 지부장이 정말 사기꾼 같은 놈이라는 폭로가 터져 나왔다. 조합비를 멋대로 쓰고 조합원들을 시종처럼 부린다는 거였다.

못 들었어요? 이 바닥에서 아주 유명한 놈인데. 친구가 그 말은 안 한 모양이네.

그는 고개를 끄덕이고 말았다. 이상하게도 종규의 죽음이 새삼스럽게 느껴졌다. 종규는 아직 거리에 있었다. 담보물처럼 산 사람들에게 붙잡혀 있는 거였다. 무엇보다 자신이 그 사실을 내내 까맣게 잊고 있었다는 것이 놀라웠다.

하긴 안 그런 놈들을 찾는 게 더 어렵지. 요즘은 다 그래. 그래서 내가 관둬버렸잖아. 나올 때 조합비 받아 나오느라 고생 좀 했지. 하여간 남의 돈은 귀한 줄 몰라요. 개놈들.

최에 비해 권은 말이 없는 편이었다. 내내 휴대폰만 들여다보고 있다가 뭔가를 묻거나 말을 걸면 네, 아니요, 하는 대답만 했다. 업무지원단 발령이 처음이라는 그는 체구가 작고 젊은 축에 속했다. 그럼에도 안경 너머로 보이는 눈빛이 날카롭고 차가워서 말을 붙이기가 어려웠다.

10시가 넘어서야 그는 앞으로 자신이 쓰게 될 방을 정리할 수 있었다. 방이라기보다는 창고에 가까워서 반듯하게 누우면 남는 공간이 거의 없었다. 그곳에 쌓여 있던 물건들을 치워준 건 권이었다. 빨래 건조대와 플라스틱 의자, 트렁크 몇 개와 잡동사니로 가득 찬 쇼핑백들을 꺼내고 나자 벽면에 거뭇거뭇한 곰팡이 자국이 드러났다. 걸레로 닦고 또 닦아도 까만 때가 계속 묻어 나왔다. 결국 자정이 넘어서야 그는 자포자기하는 마음으로 가져온 짐들을 대충 꺼낸 뒤 이불을 깔고 누웠다.

최와 권이 각자 방으로 들어가고 나자 집 안이 고요해졌다. 똑똑 물 떨어지는 소리가 들렸고 어디선가 계속 서늘하고 축축한 바람이 새어 들었다. 그는 웅크리고 누운 채로 해선에게 문자를 보냈다. 모든 건 괜찮고 그러니 걱정하지 말라는 이야기였다. 해선에게선 얼른 답이 오지 않았다. 그는 조금 두꺼운 요와 이불을 보내달라는 메시지를 작성하다가 입을 벌린 채 그대로 잠이 들어버렸다.

사택에서의 첫날이 그렇게 지났다.

사흘이 더 지나자 그에게도 일상이라 할 만한 게 생겨나기 시작했다. 그에게 수리와 설치, 보수 업무를 주겠다던 회사는 약속을 지켰다. 소형 봉고차 한 대도 지급됐다. 출근 전 회사 앱으로 업무 지시가 떨어졌고 퇴근 전까지 그 일을 해내기 위해 바쁘게 움직이면 됐다.

　무엇보다 그는 직무가 주어진 지금의 상황이 다행스러
웠다. 하루 종일 아무 일도 하지 않고 사무실 주변을 어슬
렁거리며 시간을 보내는 사람들 사이에서 자신은 기회를
잡은 사람처럼 보였고, 다른 사람들의 기분을 상하게 하지
않도록 몹시 주의를 기울이면서도 차오르는 기대감을 감출
수가 없었다.

　그래? 정말 다행이네.

　그의 목소리에 깃든 긍정적인 기운은 금세 해선에게로
옮아갔다. 이틀에 한 번꼴로 하는 아내와의 통화 속에서 그
는 오래전 잃었다고 여긴 애틋함과 그리움의 감정이 조금
씩 살아나는 것 또한 느꼈다.

　　　　　　　　　　　　#

　그는 오전 8시 무렵에 분기국사에 도착했고 그날 작업
지와 작업 내용을 확인한 뒤 동선을 짰다. 황 여사는 늘 그
보다 먼저 와서 그를 기다렸다. 수리 요청서와 고객 동의서
를 챙기고 어느 날은 물과 간식을 준비해 오기도 했다.

　갈까요?

그가 물으면 황 여사가 답했다.

잠시만요. 뭐 빠진 거 없나 한 번 더 볼게요.

그때마다 주변 사람들이 자신과 황 여사를 노골적으로 힐끔거린다는 걸 그도 모르지 않았다. 자기네들끼리 무슨 말인가를 주고받으며 히죽거리다가 그와 눈이 마주치면 다른 쪽으로 고개를 돌리는 척하면서 그곳의 유일한 여자인 황 여사와 신참이나 다름없는 자신에 대한 조롱과 야유를 공유한다는 것도 알고 있었다. 자신과 여자를 놀림거리 삼아 이런저런 말을 보태고 부풀리면서 그곳에서의 지루한 시간을 때운다는 것도 충분히 짐작 가능했다. 그는 모른 척했다. 모르는 말들을 함부로 상상하고 사람들에 대한 적대감을 키우면서 그곳에서의 생활을 망치고 싶지 않아서였다.

황 여사는 육 남매 중 넷째로 태어났다고 말했다. 형편이 늘 고만고만했기 때문에 자라는 동안엔 부모의 관심이나 지원을 기대하기가 힘들었고, 고등학교를 중퇴하고 열아홉이 되던 해 전화교환원으로 입사했다고 했다. 종일 모르는 사람들의 전화를 받아야 하는 업무국 일이 의기소침하고 말이 없는 편이던 자신을 활발하고 적극적인 사람으로 바꾸었다고도 했다. 남편을 만나고 아이 둘을 낳는 동안 교환국 업무가 사라졌고 10년 넘게 콜센터 부서에서 일하

는 동안에도 어느 날 느닷없이 이렇게 외딴곳으로 쫓겨나
듯 밀려날 줄은 몰랐다며 황 여사는 허탈해했다.

그는 대체로 말없이 황 여사의 이야기를 듣는 편이었
다. 그러나 이따금씩 황 여사가 느낀 감정이 무엇인지 너무
나 잘 알 것 같았고 어떤 마음으로 이곳까지 왔는지, 어떤
심정으로 하루를 보내고 있는지 정확히 들여다보였다.

그는 황 여사에게 무엇이든 알려주고 싶었고 가르쳐주
려고 했다. 30여 년간 상담 업무만을 해왔다는 황 여사는
설치와 수리 업무에 관해 아는 바가 전혀 없었다.

내가 해볼게요. 가만 있어봐요. 이건 내가 배웠어. 할
줄 알아요.

아니요. 거기가 아니고 여길 확인하셔야죠. 불빛이 세
개잖아요. 여기가 이렇게 깜빡이는 건 케이블 문제가 아니
라는 거예요.

그가 말하면 황 여사는 휴대폰으로 사진을 찍고 메모를
하는 데에 정신이 팔렸다가 매번 똑같은 질문을 하고 또 했
다. 항상 처음 듣는다는 듯 고개를 끄덕였고 스스로에게 주
의를 주듯 그가 했던 말을 반복해서 중얼거렸다.

모뎀에 연결된 선들을 확인하고 공유기나 전선을 교체
하는 실내 작업은 황 여사도 이따금씩 스스로 해냈다. 그러

나 전신주나 통신주에서 케이블 선을 직접 끌어와야 하는 야외 작업 중엔 황 여사에게 일일이 설명해가며 움직이기 힘들었다. 작업량은 매일 조금씩 늘었고 시간에 쫓기듯 움직여야 간신히 하루치의 작업을 마칠 수 있었다.

거기 계시지 말고 차에 가 계세요. 어차피 이런 건 봐도 못 해요.

그래서 그는 자신도 모르게 종종 황 여사에게 그렇게 핀잔을 주곤 했다.

아니, 못 하는 게 어딨어. 나도 배울 수 있어요. 배워야 일을 할 거 아니에요.

황 여사가 순순히 그의 말을 듣는 경우는 없었다. 황 여사는 그의 말과 행동, 기분과 태도 같은 것에 휘둘리지 않겠다고 결심한 사람 같았다. 아니, 그런 것들에 단련될 대로 단련된 사람처럼 보였다.

그러나 그에게도 참을 수 없는 순간이 찾아왔다.

그가 2층 주택 난간에서 포트 거치대를 고정할 나사를 갖다달라고 부탁했을 때였다. 황 여사는 차에서 크고 무거운 작업 가방을 통째로 끌고 왔다. 가방을 열고 공구들을 하나씩 꺼낸 다음 플라스틱 못 통을 찾는 황 여사를 내려다보는 그의 마음속에 짜증이 차오르기 시작했다. 한참 만에 황 여사가 못 통을 열었고 못과 볼트, 너트 같은 것들이 튀어 오르듯 바닥으로 쏟아졌다.

두세요. 제가 합니다. 그냥 둬요.

그는 난간에서 내려와 장갑을 벗은 다음 바닥에 떨어진 못을 줍기 시작했다. 마땅히 회사에서 제공해야 하는 것들이었지만 매번 그는 사비를 들여 부품을 조달하고 있었다.

통이 뻑뻑해서 잘 안 열려요. 내가 이럴 줄 알았나.

황 여사는 바닥에 쏟아진 못과 볼트, 너트 같은 것들을 줍다가 그를 보았고 한마디 더 했다.

너무 그럴 거 없어요. 나도 여기 직원이고 팀원이에요. 나도 월급 받고 일하는 사람이잖아요. 하다 보면 실수도 하고 배운다고 배워도 잘 모를 수 있지 뭘 그래요. 이까짓 못이야 주우면 그만이지. 꼭 그렇게 무안을 줘야 해요?

황 여사는 주운 못을 케이스에 정리해서 넣은 뒤 계속 난간 앞에 서 있었다. 작업이 끝났을 땐 이미 날이 저물어 있었다. 노을이 지는가 싶더니 어느새 주변이 캄캄해졌다. 그는 말없이 시동을 걸고 곧장 차를 몰았다. 어두운 2차선 도로를 달리는 내내 여자도 그도 말이 없었다.

내가 말한 적 있죠?

한참 만에 황 여사가 말했다. 반대 차선으로 차들이 지날 때마다 앞 유리창이 환해졌다. 황 여사는 지난여름 케이블과 장비가 담긴 가방을 메고 묘지를 가로지르고 산을 넘었다는 이야기를 했다.

내가 작업 차량을 고장 냈다나. 폐차 직전의 차를 작업차라고 쥐놓고는 타이어가 펑크 났네 어쩌네 하면서 차도 안 주더라고요. 그때부터는 버스를 타고 다니라고 했어요. 나는 고혈압에다 당뇨까지 있는데 그 땡볕에 몇 시간을 걸었는지 몰라요. 가도 가도 통신주 안 보이지, 버스도 없지, 국장한테 전화를 했더니 그런 지리감도 없이 무슨 일을 하느냐고 소리를 지르는 거 있죠. 그 산을 내가 걸어서 넘었어요. 내가 그만한 각오도 없이 여기까지 왔겠어요?

그는 몰아치는 졸음을 물리치며 여자의 이야기를 들었다. 듣다 보면 또 얼마간은 치솟았던 분노나 짜증이 누그러지고 안쓰러움과 미안함 따위의 감정이 살아났다.

제대로 열리지 않는 못 통이 바뀐 것은 나중에 알았다. 작은 플라스틱 반찬 통에 못과 나사가 종류와 크기별로 분리되어 있었기 때문에 더는 쪼그리고 앉아 못을 고르는 수고를 들이지 않아도 되었다.

#

　그와 황 여사에게 할당된 지역은 대부분 주택가가 형성되지 않은 곳이었다.

　낮은 통신주가 거의 없는 곳이어서 10미터가 넘는 전신주에 올라 굵은 고압선 아래로 통신선을 빼 와야 했다. 사다리를 올라 핀볼트를 박고 그것을 밟고 오르는 일은 그 일에 오래 단련된 그에게도 버거웠다. 핀과 핀 사이의 간격이 넓어서 한 칸을 오르려면 핀을 잡은 손에 힘을 주고 몸을 힘껏 끌어당겨야 했다. 핀을 디디고 오를수록 바람이 거세졌고 속수무책 나부끼는 몸을 가누기 힘들었다. 피해야 하는 것은 많고 피할 수 있는 공간은 충분하지 않았다. 보호벨트로 전신주를 감싸고 안전 버클을 채우는 간단한 작업마저도 몹시 주의를 기울여야 했다.

　그날 황 여사는 자신이 작업을 하겠다고 고집을 부렸다.

　5월이었지만 날씨는 습하고 무더웠다. 오후에 접어들면서 축축한 바람이 불고 비가 내릴 것처럼 날이 흐렸다. 신축 빌라와 상가들이 늘어선 골목 입구의 전신주는 한눈에 보기에도 10미터가 훨씬 넘었다.

　언제까지 다른 사람 손만 빌릴 수 있나요. 나도 해봐야

늘죠.

　황 여사는 단호하게 굴었다. 절연장갑을 끼고 묵직한 작업 벨트를 허리에 찬 뒤 전신주 바로 아래 접이식 사다리를 비스듬하게 세웠다.

　제가 할게요. 금방 해요. 여기 사다리나 좀 잡고 계세요.

　그는 몇 번이고 황 여사를 만류하려고 했다.

　아니, 왜 못 하게 해? 일은 가르쳐주지도 않고 제대로 못 한다고 면박이나 주면서. 가르쳐주면 나도 다 해요. 바보 천치 취급 받는 거 정말 지긋지긋해.

　결국 그가 물러섰다.

　핀볼트가 미끄러워요. 신발 잠깐 벗어보세요. 패드 붙이면 좀 나아요.

　어쨌든 작업을 마쳐야 다음 현장으로 이동할 수 있었다. 황 여사와 실랑이를 하며 허비할 시간이 없었다. 하루에 처리해야 할 업무량은 계속 늘었고, 할당량을 채우지 못하면 사유서를 작성해야 하고, 더 구체적이고 합당한 이유를 적어 내라는 안 국장과 끝나지 않는 말싸움을 벌이고 싶은 마음도 없었다. 그 주에 끝내지 못한 일들을 처리하느라 주말 내내 숨이 차도록 뛰어다니고 싶지도 않았다.

　걱정 마요. 나도 다 해요. 못 할 게 뭐가 있어. 하면 되지.

황 여사는 보란 듯 한 칸씩 사다리를 오르기 시작했다. 사다리 끝에 서서 전신주 양쪽에 핀을 하나씩 돌려 박은 다음 굵은 핀을 붙잡고 힘껏 몸을 잡아당겼다. 한참 만에 황 여사의 두 발이 핀 위에 올라섰다.

괜찮으세요?

그가 물으면 황 여사는 그가 있는 쪽을 내려다보는 것으로 대답을 대신했다. 그러나 한 칸을 더 올라간 뒤에는 꼼짝도 하지 않고 그를 내려다볼 엄두조차 내지 못했다.

괜찮으세요? 듣고 계세요?

그가 전신주를 올려다보며 계속 목소리를 키웠다. 황 여사의 말은 들리지 않았다. 바람이 두 사람의 목소리를 흩트려놓았다. 그는 사다리 끝까지 올라갔다. 그러고 나서야 황 여사의 가느다란 말소리를 알아들을 수 있었다. 황 여사는 어지럽다고 했고 발에 쥐가 났다고 했고 미안하다고 했다가 더는 올라갈 수 없다며 울먹거렸다.

내려오실 수 있으세요? 천천히 내려와보세요.

그가 그렇게 외치는 동안에도 황 여사는 꼼짝도 하지 않았다. 이런 일은 자신 같은 사람이 하기에 너무 벅차고 사실 뭔가를 새로 배우기엔 너무 늙어버렸다며 황 여사는 흐느끼고 있었다.

119 부를게요. 꼭 잡고 계세요.

결국 그가 휴대폰을 꺼냈다. 그걸 저지한 건 황 여사였다. 황 여사는 허공을 바라보는 자세로 목소리를 키웠다. 올려다보면 안 국장, 징계, 바보, 등신, 인간들, 그런 말들을 필사적으로 외치는 황 여사의 몸이 덜덜 떨리는 게 너무나 분명히 보였다.

인근 상가에서 몇 사람이 나왔다.

무슨 일이에요? 누가 다쳤어요? 괜찮으세요? 왜 저러고 있어요?

돌아볼 때마다 사람들이 조금씩 더 늘었다. 누군가 정말 신고를 할지도 몰랐다. 이 해프닝 같은 일이 안 국장 귀에 들어가고 본사에 보고되면 무슨 보복이 또 어떤 방식으로 되돌아올지 몰랐다. 그는 고개를 쳐든 채로 아무 말이나 했다.

무슨 일이든 처음엔 서투르지만 한두 번 해보고 나면 누구나 배울 수 있다고. 경험이 쌓이고 요령이 생기면 다 별거 아닌 일이 된다고. 아니, 사실 이런 업무는 경험과 경력이 긴 자신에게도 벅찬 일이고, 처음부터 할 수 없는 일을 시킨 회사 탓이라고. 사람을 옴짝달싹 못 하게 하고, 무능하게 만들고 그래서 스스로 그만두게 하려는 회사의 의도가 너무 괘씸하고 화가 난다는 자신의 말을 거기 모인 사람들이 다 듣는다는 걸 알면서도 그는 멈추지 않았다.

그렇게 10여 분이 더 지나고 나서야 황 여사는 핀볼트에 매달리다시피 해서 간신히 한 칸씩 내려왔다. 사다리 끝에 선 그의 어깨를 조심스럽게 디디고, 사다리를 내려와, 두 발이 비로소 땅에 닿자마자 황 여사는 바닥에 주저앉았고 믿기지 않는다는 표정으로 그와 눈을 맞췄다.

살갗이 벗겨진 황 여사의 손바닥에 빨갛게 피가 맺혀 있었다. 겁에 질린 표정이 가시고 황 여사의 얼굴에 어떤 기대감과 성취감 같은 것들이 차오르는 게 보였다.

황 여사는 붉어진 눈가를 매만지며 말했다.

봤죠? 나는 욕심 안 내요. 오늘 이만큼 했으니까. 내일은 조금 더 하면 되지. 그렇잖아요? 그러다 보면 잘하게 되잖아요.

결국 그날의 작업도 그의 몫이었다.

전신주에 올라 작업을 하는 동안 그는 모든 게 미숙하고 서툴렀던 오래전의 자신을 떠올리려고 애썼다. 그러나 자칫하면 고압선에 몸이 닿고 감전이 될지도 모른다는 공포 속에서 허리를 숙이고 몸을 비틀며 전신주에 매달려 있는 동안, 아무것도 할 줄 모르고 배울 수도 없는 저런 사람과 한 팀이 되어 일하는 자신이 얼마나 큰 희생을 감수하고 있는지 분명히 깨달을 수 있었다.

#

6월이 되어서야 그는 어렵게 월차를 냈고 집에 들를 수 있었다.

세 달째 비어 있는 다세대 건물 201호 임대 문제를 해결하기 위해서였다. 두 번의 공사 후에도 계속 물이 샌다고 하소연하던 신혼부부에게 은행 대출을 받아 전세금을 내준 게 세 달 전 일이었고 세입자를 구해주겠다던 중개사무소에선 아무런 연락이 없었다.

토요일 오전 내내 그는 다세대 건물 근처의 중개사무소를 돌아다녔다.

내부 수리를 좀 해주시면 모를까. 요즘 그 가격으로는 어림도 없어요. 근처에 신축 빌라도 많이 올라가고, 아직 이사 철 되려면 멀었잖아요.

그사이 전세금은 또 떨어져 있었다. 가격을 더 낮춘다고 해도 시도 때도 없이 뭔가가 고장 나고 망가지는 낡은 건물에 들어오겠다는 사람을 찾긴 어려울 거였다. 그렇다고 언제까지 집을 비워둘 수도 없었다. 매달 내야 하는 대출이자를 어떻게든 감당한다고 해도 1년이 지나면 원금과 이자를 함께 갚으라는 통보가 날아올 거였다.

마음에 든다는 사람만 있으면 가격은 맞춰드릴게요. 부탁드립니다.

그는 조금 더 멀리 있는 중개사무소 몇 군데를 더 둘러본 뒤 터미널로 갔다. 오후에 어머니가 올라오기로 되어 있었다. 어머니는 이것저것 갖다줄 것이 있다고만 했다. 그가 거듭 물어도 고추장아찌와 더덕무침, 찹쌀가루와 매실청 같은 가져갈 물건들에 대해서만 짤막하게 언급할 뿐이었다. 그러니까 먼 길 오는 수고를 감당하면서까지 어머니가 자신을 만나려 하는 이유를 그는 전혀 짐작하지 못하고 있었다.

어머니는 터미널 앞에 서 있다가 그가 걸어오는 모습을 확인하고는 내려놓았던 짐 보따리를 다시 집어 들었다. 그가 어머니의 짐을 받아 들었다. 뒤따라오는 어머니의 기침 소리가 메마르고 거칠었다.

기침 심하면 병원 가보시라니까. 병원 안 갔죠? 형 불러서 한번 가보시지 그래요. 감기라도 계속 두면 금방 큰병 돼요.

병원은 나 혼자서도 실컷 간다. 누구 오라 가라 부를 필요 뭐 있냐.

어머니는 씩씩하게 대답했지만 차 뒷좌석에 앉자마자 다시 기침을 시작했다. 그는 운전을 하는 내내 백미러를 흘끔거렸다. 어머니는 한 손으로 내내 무릎을 주무르다가 잠깐씩 창 너머를 내다보았고, 생각난 듯 그를 불렀다가 해선과 준오의 안부를 짧게 묻고 말았다. 병원엔 가지 않겠다는 어머니를 설득해 동네 한의원에서 한약 한 재를 짓고 나왔을 땐 4시가 넘어 있었다.

너희 집에는 안 갈란다. 식구들 없는 집에 가면 뭘 해. 그냥 근처에서 국수나 한 그릇 먹자.

다시 차에 올랐을 때 어머니가 말했다. 그늘에 잠시 세워뒀을 뿐인데도 차 안은 후끈후끈했다. 그는 시동을 걸고 백미러를 올려다보며 말했다.

한두 시간이면 준오 엄마 와요. 온 김에 준오도 보고 저녁 같이 드세요.

주말에도 일하느라 정신없는데 그럴 거 없다. 번거롭기나 하지. 이 근처에서 국수나 한 그릇 하고 내려갈란다.

결국 그가 못 이긴 척 차를 돌렸다. 두 사람이 자리를 잡고 앉은 곳은 터미널 앞 식당이었다. 국수 전문점이라고

적힌 가게 안은 한산했다. 잔치국수 두 그릇과 만두 한 접
시는 금방 나왔다. 어머니는 말없이 그의 그릇에 국수를 덜
고 숟가락으로 조금씩 국물을 떠먹었다. 그리고 그가 국수
를 거의 다 비웠을 때에야 입을 열었다.

상호 말이다.

어머니 그릇엔 아직 국수가 반 이상 남아 있었다. 그는
반으로 가른 만두 하나를 어머니 접시에 덜어주며 말했다.

만두 좋아하시잖아요. 드세요. 다 식어요.

그 말이 어머니의 말문을 막은 듯했다. 어머니는 그가
덜어준 만두를 다 먹고 난 후에야 다시 말을 이었다.

상호도 이제 장가갔으니 애도 낳고 해야 하는데 다달이
월세 나가면 언제 돈 모으고 언제 집 사겠나. 다만 조그마
한 거라도 제집이 있으면 아무래도 낫지. 내가 돈이 있으면
보태주고 싶다가도 형편이 이러니 뭘 할 수가 없다. 네 형
보단 네 사정이 낫지 싶어서 왔다.

지난겨울 결혼한 조카 상호에 대한 이야기였다. 해선과
실랑이 끝에 한 달 월급의 반 정도를 축의금으로 낸 기억이
그에게 남아 있었다. 어쨌든 도리는 충분히 했다는 생각이
들었고 그게 아니라도 지금껏 정말 할 만큼 해왔다는 생각
도 들었지만 그는 잠자코 들었다.

형제라고는 둘뿐인데 이런 이야기를 내가 어디 가서 해. 잠시 빌려준다 하면 상호도 조금씩 갚아나가겠지. 그렇게라도 빨리 자리를 잡게 해야지. 제 부모가 능력이 있어서 해주면 좋다만 네 형 형편이 어디 그러냐.

그는 직원을 불러 만두 두 접시를 포장해달라고 이른 다음, 접시에 남은 만두를 하나씩 집어 먹으면서 계속 대답을 미루었다. 계산을 마치고 나와 포장된 만두 봉지를 어머니에게 건네줄 때에야 겨우 이렇게 말했다.

상호랑 통화해볼게요. 약이나 잘 챙겨 드세요.

그래. 통화 꼭 한번 해라. 행여라도 네 형한텐 아는 체 말고. 내 너한테 이런 말 했다는 거 알면 난리 난다.

토요일 저녁이라 터미널 대합실은 몹시 붐볐다. 그는 어렵게 빈 의자를 찾아냈고 그곳에 어머니를 앉힌 다음 그 곁에 서 있었다. 어머니가 타야 할 버스는 20분 늦게 왔다. 탑승 안내 방송이 나오고 승차장 문이 열리고 나서야 어머니는 가방 안에서 봉투 하나를 꺼냈다.

아무 말 말고 준오 갖다줘라. 얼마 안 된다. 그냥 갖다줘.

반으로 접고 또 반으로 접은 봉투는 잔뜩 구겨진 채 동그랗게 말려 있었다. 그는 말없이 그 봉투를 받았다. 그리고 어머니를 태운 고속버스가 주차장을 빠져나가는 것을 지켜본 뒤 그곳을 나왔다.

해선은 7시가 조금 넘어서 집에 왔다. 현관문이 열리는 소리가 들리고 해선의 목소리가 곧바로 따라왔다.

왔어? 어머니는 왜 그냥 가셨대?

그는 한약 한 재를 지어드렸다고만 말했다. 거의 두 달 만에 마주한 해선은 약간 살이 빠진 듯 보였지만 얼굴빛은 한결 나아져 있었다. 두 손의 움직임은 자연스러웠고 손바닥 흉터도 거의 아문 듯했다.

옷 보내준 거 못 받았어? 반팔 셔츠하고 바지도 몇 개 넣어놨는데 왜 그렇게 덥게 입고 다녀. 시원하게 입고 다니지.

해선은 그의 얼굴과 차림새를 훑고 싱크대 위에 사 온 물건들을 꺼내놓으며 다시 물었다.

뭐 좀 먹었어? 저녁은 어떻게 할까? 불고기 좀 재어놨는데 하려면 시간 걸리잖아. 아님 나가서 먹을래?

그는 어머니와 늦게 점심을 먹었다고 대답했다. 해선은 계속 말했다. 사택은 지낼 만하냐고 물었고, 필요한 물건들이 무엇인지 알려달라고 했다가, 김치와 밑반찬 같은 것들을 좀 가져가겠느냐고 물었다. 그는 소파에 등을 기대고 앉은 채 건성으로 답했다. 그러다 잠시 눈을 감았고 그대로 잠이 들어버렸다.

이튿날 아침이 되어서야 세 식구가 식탁에 마주 앉았다.

식사를 끝내자마자 준오는 독서실 갈 채비를 했다. 그
는 현관을 나서는 준오를 불러 어머니가 준 용돈을 건네주
었다. 아이가 나가고 나서야 해선이 다세대 건물의 임대차
계약서들을 가지고 나왔다. 비어 있는 201호를 제외한 세
가구의 계약서였고 그중 두 집의 계약 만료일이 다가오고
있었다.

201호도 계속 비어 있는데 큰일이네. 301호는 1년 더
살겠대. 101호는 아직 말이 없고. 어차피 거긴 월세니까 아
예 월세를 좀 낮춰준다고 말해볼까?

해가 좋은 날이었다. 그는 베란다와 욕실, 신발장과 선
반을 오가며 필요한 것들을 챙겼다. 해선의 목소리는 커졌
다가 작아지고 작아졌다가 커지며 계속 그의 뒤를 쫓아다
녔다. 얇은 이불과 작업화, 습기제거제와 방충 시트, 수건
같은 것들을 넣고 나자 캐리어가 가득 찼다. 그는 체중을
실어 캐리어의 지퍼를 잠그고 나머지 짐들을 종이 상자에
차곡차곡 쌓기 시작했다.

그냥 처분하자.

그리고 그의 입에서 그런 말이 나왔다. 반듯하게 세운
캐리어와 종이 상자를 현관 앞에 내놓고 신발장을 열어 가

져갈 작업화를 꺼내 들었을 때였다. 식탁에 앉아 있던 해선이 현관 쪽으로 걸어 나왔다.

뭐라고 했어?

지금이라도 처분하는 게 나아.

그는 시계를 올려다보며 한 번 더 말했다. 돌아가야 할 시간이었다. 그는 분기국사를 생각하고 있었다. 습기와 냄새로 가득한 좁은 방에서 잠들고 깨어나면서 종일 시간에 쫓기듯 움직여야 하는 하루를 생각하고 있었다. 자신에 대한 적대감과 불편함을 공유하는 사람들 틈에서 치솟는 감정들을 다스려야 하는 순간들을 생각하고 있었다.

당장 그걸 어떻게 팔아? 힘들어도 갖고 있어야지. 재개발 때문에 산 건데 지금 팔면 손해야. 당신도 알잖아. 가을 되면 세입자 구해지겠지. 내가 부동산 몇 군데 더 다녀볼게. 어차피 세입자 없어서 팔기도 어려워.

해선의 얼굴에 몹시 당혹스러운 기색이 떠올랐으므로 그는 고개를 끄덕이고 말았다. 그런 후엔 캐리어와 종이 상자를 들고 집을 나섰다. 해선이 터미널까지 그를 배웅했다. 택시를 타고 터미널로 이동하는 동안 해선은 나지막한 목소리로 말을 이었다. 주로 끼니를 잘 챙기라는 이야기였고 비타민과 영양제 먹는 걸 잊지 말라는 이야기였다.

준오 아빠.

그리고 그가 버스에 오르기 직전 해선이 그를 불렀다.

너무 힘들면 그만둬도 돼. 퇴직금 나오잖아. 연금 들어 놓은 것도 있고. 당신 기술 있잖아. 요즘엔.

들어가. 무슨 일 있으면 전화하고.

그는 해선의 말을 자르듯 한마디 한 뒤 버스에 올랐다. 그러니까 하루에도 수십 번씩 자신을 충동질하며 지나가는 그런 결단을 지금껏 미루면서 왜 계속 회사에 남아 있으려고 하는지 설명할 자신이 없어서였다. 이렇게까지 하면서 자신이 잃지 않으려고 하는 게 무엇인지, 이런 식으로 무엇을 얼마나 지켜내고 있는지도 확신할 수 없었다. 다만 이 모든 상황은 어쩔 수 없는 게 아니고 그가 스스로 선택하고 기꺼이 감수하는 것이었다. 무슨 말을 한다면 그는 그 정도의 이야기를 할 수 있을지도 몰랐다.

#

월요일에 그와 황 여사에게 할당된 업무는 총 일곱 개였다.

위치는 제각각이고 작업 종류는 모두 달라서 동선을 짜

기가 쉽지 않았다. 그는 아침 7시가 되기 전에 가장 외곽에 있는 3층 펜션으로 갔다. 황 여사가 출근하기 전 그곳에 전화와 인터넷을 설치한 뒤 분기국사로 돌아올 생각이었다.

선 안 보이게 해요. 난 치렁치렁하게 선 나오는 거 딱 질색이오.

3층 테라스로 나온 주인 사내가 가까이 오라는 손짓을 하고 말했다. 그는 그러겠다고 했고 그렇게 하려고 했다. 문제는 전화선이었다. 전화선을 따 와야 할 통신주는 마당 너머 골목에 있었다. 마당을 가로지르지 않고는 선을 가져오기가 어려웠다. 마당 한쪽에 서 있는 커다란 감나무도 방해가 되었다. 그는 맨손으로 굵직한 나뭇가지 몇 개를 부러뜨린 다음 선이 마당 한가운데를 지나지 않도록 방향을 가늠했다. 그런 후엔 전선을 나뭇가지 사이로 빼내어 옥상 귀퉁이 쪽으로 연결했다.

나무에 올랐다가 건물로 되돌아오고 3층 계단을 오르내리는 일이 반복됐다. 접이식 사다리를 한쪽 어깨에 멘 채 고개를 쳐들어 선을 살피고, 손에 익은 공구를 쥐고 장비를 다루는 동안 등줄기로 더운 땀이 흘러내렸다. 근육과 관절이 움직이고 낯익은 통증들이 살아나는 게 느껴졌다. 그건 몸이 기억하는 자신의 일이었다.

아니. 선을 보이지 않게 해달라니까. 내 말 무슨 뜻인지 몰라요?

주인 사내는 전화선을 가리키며 거듭 목소리를 높였다. 3층 테라스에 서면 마당 귀퉁이에서 옥상 끝으로 올라오는 선이 보이긴 했다. 그러나 아주 보기 싫을 정도는 아니었고 주의를 기울이지 않으면 눈에 띌 정도도 아니었다. 몇 차례 그가 다시 손봤지만 뾰족한 수가 없었다. 그는 통신주 위치와 옥상의 각도를 설명하며 양해를 구했다. 주인 사내는 수긍하는 듯 고개를 끄덕이다가도 다시금 같은 말을 반복했다. 그가 외부만 그런 것뿐이고 건물 내부는 깔끔하게 작업을 마쳤다고 해도 소용이 없었다. 그로서는 더 할 수 있는 게 없었다. 그는 그대로 작업을 마무리하고 돌아왔다.

그리고 한 주가 지난 어느 날 국장이 그를 불렀다.

퇴근 후 홀로 남아 작업 차량을 세차하고 있을 때였다. 국장이 내민 건 한 장짜리 고객 민원 글이었다. 글씨가 너무 작았으므로 그는 그 서류 내용을 얼른 알아보지 못했다.

얼마 전에 3층 펜션 작업하신 적 있죠? 그 집 주인이 고객센터에 전화를 했대요. 황 여사님이랑 같이 작업하셨죠?

국장의 설명을 듣고 나자 펜션 주인의 얼굴이 분명히 떠올랐다. 테라스에서 내려다보이던 마당도. 페인트 냄새로 자욱한 건물 내부 구조도 또렷하게 기억났다.

아마 제가 혼자 갔을 겁니다. 그날 일이 좀 많았어요. 황 여사님 출근 전에 저 혼자 갔다 왔던 것 같네요.

황 여사님이 작업한 게 아니에요?

그는 전화선을 왜 그렇게 연결할 수밖에 없었는지 설명하려고 했다. 요즘은 유선전화를 쓰는 집이 거의 없고 시골 마을엔 통신주가 논과 밭을 끼고 있는 경우가 많아서 어쩔 수 없다는 이야기도 덧붙일 생각이었다. 그러나 국장은 그 집으로 가서 다시 작업을 하라고 말했다. 필요하다면 고객의 마음이 풀릴 때까지 용서를 구하라는 말도 했다. 용서라는 말은 마치 그가 돌이킬 수 없는 잘못을 저질렀다고 확신하는 듯했다.

그건 그렇고. 왜 남의 일에 그렇게 신경을 쓰십니까?

안경을 벗고 눈가를 문지르던 국장이 물었다. 그는 그 말을 한 번에 이해하지 못했다. 그러자 팀장이 목소리를 낮추고 다시 말했다.

왜 황 여사님 일을 대신해주고 계시냐고요. 아무리 눈치가 없으셔도 그렇지. 제가 이런 말까지는 안 하려고 했는데 정말 아무것도 모르시네요.

국장은 반쯤 열린 사무실 문을 닫고 돌아와 다시 말을

이었다. 황 여사가 사택 하나를 혼자 차지하고 있는 탓에 다른 남자 직원들이 피해를 보고 있다는 거였다.

저도 황 여사님 사정 모르지 않아요. 근데 여기 사정 없는 사람이 누가 있습니까. 그분은 너무 본인 입장만 생각하시잖아요. 지금 사택이 여섯 개예요. 보통 세 분씩. 네 분씩 같이 계시는 분들도 있고요. 근데 보세요. 지금 여사님 혼자 사택 하나를 다 쓰시잖아요. 여기 계신 분들이 좋게 생각하겠어요.

국장은 볼펜으로 책상 모서리를 톡톡 두드리며 그의 대답을 기다렸다. 사택을 제공하는 건 회사가 내건 조건이었다. 직원을 옮기고 배치하는 것도 회사의 소관이었다.

그게 황 여사님 탓은 아니지 않습니까.

그는 그렇게 되묻고 싶은 마음을 가만히 억눌렀다.

국장은 앞으로 두 사람이 일을 똑같이 분담하라고 지시했다. 아침에 업무를 확인하고 해야 할 일을 나누면 각자 따로 이동하고 서로 맡은 일에 대해선 아무 상관도 하지 말라는 거였다. 그가 무슨 말을 하려고 하자 국장이 선을 그었다.

황 여사님껜 제가 말씀드립니다. 신경 쓰지 마세요.

그는 멍한 얼굴로 국장의 말이 끝나기를 기다렸다가 사

무실을 나왔다. 자신의 잘못이 아니었음에도 그 순간엔 황 여사에 대한 미안함을 느낄 수밖에 없었다. 그러면서도 얼마간 일이 줄어들지도 모른다는 기대감과 더는 불필요한 희생을 하지 않아도 된다는 안도감 또한 숨길 수 없었다. 그러니까 가까운 사람들 틈에서 너무나 쉽게 갈등을 만들고, 무엇이 미움과 불만을 부풀리는지 아는 영악하고 지능적인 회사의 실체를 비로소 목격한 기분이 들었다.

고객 민원은 점점 늘었다. 한 주 전, 보름 전, 한 달 전, 시기를 거슬러가며 순차적으로 그가 완료한 작업에 대한 불만이 이어졌다.

불친절하다. 작업이 더디다. 소음이 심하다. 뒷정리가 안 됐다. 설명이 없었다.

내용은 모호하고 간단해서 언제 어디서 어떤 잘못을 저질렀는지 가늠하기 어려웠다. 그럴수록 그는 더 집요하게 그 생각에 매달렸다. 날짜를 확인하고 그날 했던 일들을 순차적으로 떠올리고 자신이 무슨 말을 했고 어떤 표정을 지었으며 상대방이 어떻게 반응했는지 기억해내려고 애썼다.

불친절했나.

그런 생각이 들면 정말 그랬던 것처럼 생각됐고 돌이킬 수 없는 과오를 저지른 것처럼 느껴졌다. 그러나 말과 표정이 없는 기계를 살피고 수리하느라 늘 시간에 쫓기듯 움직여왔던 자신이 고의로 고객의 마음을 불편하고 불쾌하게 만들었다는 데에는 끝내 동의하기 어려웠다.

#

날씨는 하루가 다르게 무더워졌다.

밤에는 달려드는 벌레들 탓에 잠을 이루기 어려웠고 하수구에서 올라온 악취가 집 안을 점령하다시피 하고 있었다. 싱크대 안쪽과 화장실 입구, 그가 사용하는 방 벽면으로 시커멓게 피어나기 시작한 곰팡이도 신경이 쓰이긴 마찬가지였다.

7월이 되기 전 그는 최와 권 두 사람과 함께 낡은 싱크대와 화장실을 손보고 창마다 방충망을 새로 달 계획이었다. 그러나 최와 권이 이런저런 핑계를 대며 계속 미루었기 때문에 6월 말이 되도록 아무것도 시작하지 못하고 있었다. 7월 첫 주 금요일에 그는 아무 감정이 실리지 않은 목소리로 이번 주말엔 약속한 일들을 꼭 마무리하자고 말했다.

밤늦게 귀가한 두 사람은 이렇다 할 대꾸가 없었다.

난 내일 일이 있는데. 내가 말 안 했나?

최가 먼저 방으로 들어갔고 그의 말을 들은 체 만 체하던 권도 소리 나게 문을 닫고 들어가버렸다. 그것이 어떤 불길한 일의 시작이 될 거라고 여긴 그의 예감은 정확히 들어맞았다. 최와 권은 다음 날 오전 내내 싱크대 경첩을 교체하는 그를 못 본 척했다. 그는 그곳에 없는 사람 같았다. 정오가 되기 전에 최가 나갔고 방 안에서 꼼짝하지 않던 권도 오후가 되자 옷을 챙겨 입고 나갔다. 현관문이 닫히고 계단을 내려가는 발소리가 멀어지자 오히려 안도감이 들 지경이었다.

그는 널어둔 빨래를 개고 홀로 늦은 아침을 챙겨 먹었다. 그런 후엔 싱크대 선반과 현관 앞을 대충 정리했다. 그 정도만 할 생각이었다. 그러나 손을 대는 곳마다 먼지와 쓰레기가 계속 나왔다. 바닥을 쓸고 닦고, 거품을 내고 묵은 때를 벗겨내는 동안에는 잠깐씩 자신의 처지를 잊을 수 있었고 그게 그의 마음을 편하게 만들었다. 결국 그는 집 안의 문이란 문은 모두 열고 본격적으로 집 안을 청소하기 시작했다.

뒷정리를 마치고 집을 나왔을 땐 늦은 오후였다.

그는 사택을 나와 큰길 쪽으로 걷기 시작했다. 계절은 완전히 여름이었다. 푸르스름한 기운이 살아나던 들판은

짙은 초록빛으로 무성했다. 그는 오랫동안 잊고 지냈던 선명한 계절감 속에 둘러싸인 채 걸었다. 어둡고 널찍한 굴다리 두 개를 지나자 멀리 강변을 따라 나지막한 아파트들이 나타났다. 그는 낡은 오리 배들이 떠 있는 선착장 앞에 섰다. 습하고 더운 바람이 불었다. 이리저리 옮겨 디딜 때마다 삭은 나무들이 어긋나며 삐걱거리는 소리를 냈다. 끽끽거리며 오리 배 몇 대가 강 쪽으로 나아가고 있었다. 그는 그런 소도시가 주는 어떤 안정감과 고즈넉함에 대해 생각했다. 그러나 자신의 처지는 이런 안정감과 여유로움과는 무관하다는 생각이 들었고 어쩌면 자신의 삶에는 이런 것들이 주어지지 않을 거라는 생각이 뒤따라왔다.

사는 동안 그는 스스로 특별하고 매력적인 사람이라고 생각해본 적이 없었다. 주변의 이목을 끌거나 부러움을 살 만한 뭔가를 욕심내본 적도 없었다. 그럼에도 가까운 사람들과 관계를 맺고 마음을 나누고 소박한 일상을 유지하는 데에는 어려움을 느끼지 못했다. 그러나 언젠가부터 내면의 어떤 부분들이 작동을 멈추는 것 같았고 어떻게 손볼 수 없을 정도로 망가진 게 아닌가 하는 의문이 들었다.

그는 어느 아파트 단지 앞에서 열리는 바자회를 기웃거렸다. 철 지난 옷가지와 유행이 지난 물건들을 구경하는 동안에는 시간이 잘 갔다. 그는 그곳에서 우동 한 그릇을 먹고 고구마와 옥수수 한 봉지를 샀다. 그런 후엔 자욱하게 깔린 노을을 밟고 사택으로 되돌아왔다.

최와 권은 밤이 깊어서야 귀가했다. 집 안은 몰라보게 달라져 있었다. 화장실 바닥은 깨끗했고 창마다 새로 붙인 방충망도 말끔했다. 무엇보다 집 안에 고여 있던 악취가 사라져서 숨 쉬기가 한결 편안했다. 그럼에도 누구도 그것에 대해 알은체하지 않았다. 그가 인기척을 내면 불쾌한 듯 돌아섰고, 무슨 말을 하려고 하면 뿌리치듯 방으로 들어가버렸다.

결국 그가 결심한 듯 최의 방문을 두드렸다. 안에서는 이렇다 할 반응이 없었다. 오히려 낮게 이어지던 말소리가 뚝 끊겼다. 그는 문을 열고 들어갔다. 최 곁에 앉아 있던 권이 먼저 몸을 일으켰다. 그는 방을 나가려는 권을 막아섰다.

왜 이러는지 제가 이유라도 좀 알아야 하지 않습니까?

권은 반대쪽으로 고개를 튼 채 입을 다물었다. 대답을 한 건 비스듬히 누워 담배를 피우던 최였다.

뭐 하는 거요, 지금. 그걸 왜 우리한테 물어요?

퉁명스러운 말투였다.

그는 한 공간에서 이런 식으로 지내는 것은 너무 힘든

일이고 불만이 있으면 서로 이야기를 하면 되지 않느냐고 두 사람을 설득하려고 했다. 돌아온 것은 냉담한 반응이었다.

내가 사람들이랑 사이좋게 지내자고 여기까지 온 줄 압니까? 내가 그렇게 속 편해 보여요?

최가 눈을 부릅떴다. 그는 자리를 뜨고 싶은 충동을 억누르며 한마디를 더 했다.

나도 왜 그러는지는 알아야죠. 말을 안 하면 어떻게 압니까? 지내다 보면.

그가 거기까지 말했을 때 권이 입을 열었다.

아실 필요 없습니다. 다 알 수도 없고요. 힘드시면 그만하시면 됩니다. 싫으면 나가시면 되고요. 어차피 당분간만 여기서 지내기로 하신 거 아닙니까.

그런 후엔 그가 무슨 말을 더 하기도 전에 방을 나가버렸다. 최가 여전히 누운 채로 그를 노려보듯 하고 있었으므로 그는 그대로 방을 나왔다. 그날 밤 그는 그 두 사람에 대한 마음을 완전히 접었다. 꼭 해야 할 말이 있을 때는 메모를 남겼고 그들도 그렇게 했다. 그가 싱크대 위에 올려둔 고구마와 옥수수에 하얗게 곰팡이가 피어날 때까지 누구도 그것에 손을 대지 않았다.

그렇게 두 주가 지났을 무렵 그에게 첫 번째 경고장이

발송되었다. 고객 민원이 빈번하여 회사의 이미지와 신뢰도를 떨어뜨리고 있으니 주의를 기울이라는 내용이었다.

#

뉴스나 신문에 짧게 보도되던 부동산 시장의 폭락과 금리 인상에 대한 우려는 8월이 되자 현실이 되었다. 그사이 그는 직위 해제되었고 시설1팀에서 업무지원단으로 소속이 바뀌었다. 소속이 바뀌면서 그의 임금은 두 차례 삭감되었다.

아침이면 그는 서둘러 사택을 나섰고 걸어서 분기국사까지 갔다. 최와 권이 거의 노골적으로 그와 함께 있는 걸 꺼렸기 때문에 날이 밝자마자 도망치듯 집 밖으로 나올 수밖에 없었다. 분기국사는 걸어서 30분 거리였다. 걷다 보면 거대한 싸움판 한가운데 서 있다는 생각이 들었고 누군가 비열하고 야비한 방식으로 자신을 이곳까지 불러들인 것 같았다. 매일 아침마다 그는 보이지 않는 상대를 주시하고 아직 시작되지 않은 싸움을 기다리는 우스꽝스러운 자신과 나란히 걷고 있는 착각이 들었다.

글쎄요. 그럼 전단지라도 돌리실래요?

출퇴근 확인만 받으면 된다던 국장은 그가 끈질기게 일을 달라고 요구하자 그렇게 말하고 말았다. 다른 사람들처럼 제풀에 지쳐 그만둘 거라고 생각하는 게 틀림없었다. 그러나 그는 다른 사람들처럼 사무실 주변을 기웃거리다가 때가 되면 점심을 먹고 속이 더부룩한 채 앉아 퇴근을 기다리고 싶지 않았다. 아무런 일도 하지 않고 월급을 받아가고 있지 않느냐는 조소와 자조 속에 자신을 내버려둘 마음은 없었다.

그는 아파트 상가를 돌고 허름한 빌라 계단을 오르내리며 홍보 전단지를 하나씩 붙였다. 집마다 다니며 헌 모뎀을 수거했고 통신주의 위치를 세고 전파 세기를 일일이 기록했다. 그런 후엔 하루도 빠짐없이 자신이 한 일을 구체적으로 기록하여 보고서를 올렸다. 그건 자신에게 주어진 하루의 전부였고 그는 자신이 그 하루를 어떻게 소진하는지 보여주고 싶었다. 그 보고서가 누구에게도 제대로 검토받지 못하고 폐기되는 것을 알면서도 그는 그렇게 했다.

당신 지내는 건 괜찮아? 언제까지 있으라는 말도 없지? 참, 사람들이 너무하네.

두 차례 월급이 삭감되고 그가 이렇다 할 설명을 하지 않는 동안에도 해선은 조심스럽게 그의 안부를 챙겼다. 그러나 한 달이 지나자 그런 조심스러움을 모두 걷어내버렸다. 어느 날은 수입과 지출의 항목을 구체적으로 언급했고, 또 어느 날은 한 달 뒤, 두 달 뒤, 1년 뒤 그들 부부가 감당해야 하는 일들을 냉정하게 열거할 때도 있었다.

지난번에 말한 거 있잖아. 철도청에 사람 뽑는다고. 아는 분이 거기 말을 해놨나 봐. 당신만 괜찮다면 이력서라도 한번 봤으면 싶대. 이력서라도 한번 내볼래?

그리고 어느 늦은 밤 전화를 걸어온 해선이 물었다. 이미 그가 여러 차례 거절을 한 제안이었다. 그가 말이 없자 해선이 다시 말했다.

이력서만 한번 내봐. 어려운 일도 아니잖아. 아니, 갑자기 연고도 없는 데로 보내질 않나. 이 일 시켰다가 저 일 시키고 월급 줄이고. 그게 나가라는 거지, 뭐야. 준오 아빠, 어차피 거기 오래 못 있잖아. 계속 이렇게 어떻게 살아.

누군가 거실로 나온 듯했다. 냉장고 여닫는 소리가 들리고 화장실에서 물소리가 났다. 그는 방문 쪽을 바라보며 목소리를 낮추었다.

왜 또 그 이야기야.

당신 퇴직금 때문에 그래? 그거 좀 덜 받아도 괜찮아. 그거 없어도 안 죽어. 살려고 일하지 일하려고 사는 건 아니잖아.

조금 더 커진 해선의 목소리가 수화기 바깥으로 새어 나왔다. 그는 지금껏 해온 이 일이 자신의 일이고 그 외에 다른 일은 할 마음이 없다고 선을 그었다. 다시 처음처럼 어떤 일에 매달릴 자신은 없었다. 새로 뭔가를 배우고 익히 며 시간과 노력을 쏟을 자신도 없었다. 그러니까 그가 회사 에 기대한 건 마땅히 자신에게 주어져야 하는 것들이었다. 존중과 이해, 감사와 예의 같은 거창해 보이지만 실은 너무 나 당연한 것들을 바란 것뿐이었다.

나도 당신 마음 모르는 거 아니야. 근데 당신도 알잖아. 한두 달도 아니고 계속 이럴 거잖아. 안 되는 일에 매달리 면 뭐 해. 그렇잖아.

겉으로 보면 그의 삶은 크게 달라진 것이 없었다. 그도 아내도 일을 하고 있었고 모아둔 돈도 있었다. 지출을 줄이 면 어떻게든 생활은 이어나갈 수 있을 거였다. 그러니까 해 선을 괴롭히는 건 오늘이 아니라 아직 오지 않은 내일의 일 들이었다. 내일을 대비할 수 없다는 사실. 대비할 수 없을 거라는 걱정. 그런 두려움이 아내를 몰아붙이고 있는 거였 다. 작은 불안의 조짐이 감지되면 그것은 곧장 공포감으로 몸집을 키웠고 거기에 휩쓸려버리는 거였다. 그가 맞서고 있는 것도 실은 실체도 없이 수시로 자신을 휘젓고 다니는 그런 감정들일지도 몰랐다.

그가 말없이 아내의 말을 듣기만 했으므로 두 사람의 통화는 매번 결론 없이 끝이 났다.

그를 둘러싼 모든 것들이 한쪽을 가리키고 있었다. 그럼에도 자신이 왜 이 일을 지속하려고 하는지 알 수 없었다. 왜 매번 오기가 살아나고 끝장을 보려는 심정이 되는지 알 수 없었다. 그는 자신을 점점 다른 사람처럼 만들어버리는 것의 정체를 알고 싶었다.

보름 후 본격적으로 감원설이 나돌 즈음에야 그는 최와 권이 왜 그토록 자신에게 냉담했는지를 어렴풋이 짐작할 수 있었다. 국장은 아예 대놓고 퇴직을 입에 올렸다. 특히 그와 황 여사에게 더 노골적으로 굴었다. 그리고 한 주 뒤 황 여사가 퇴직을 결정했다는 말이 돌았다.

며칠 뒤, 수요일 아침 황 여사가 사무실을 나가며 소리쳤다.

그동안 사람을 개 취급 하고 무시하고 병신 만들어서 좋지? 사람을 본척만척하고 유령 취급 하고 여기 있는 너희 다 똑같아. 여자라고 만만하게 보고. 너희만 가장이야? 나도 가장이야. 왜 너희는 남아야 하고 나는 쫓겨나도 되는

데! 밤마다 내가 여기 와서 얼마나 불을 지르고 싶었는지 알아? 그냥 확 불 지르고 다 같이 죽어버리는 건데. 너희가 그러고도 인간이야? 부끄러운 줄 알아. 너희들은 회사보다 더 나빠. 짐승보다 못한 새끼들.

그와 황 여사는 철제 계단 한가운데서 마주쳤다. 그는 고개를 까딱했고 그대로 지나치려 했다. 황 여사는 그를 돌려세우고 똑바로 눈을 맞췄다.

이봐요. 나도 내 일은 잘하는 사람이에요. 상담 하나는 기가 막히게 잘했다고요. 표창장을 몇 개나 받았는지 셀 수도 없어. 나도 노하우라는 게 있고 기술이라는 게 있어요. 근데 여기 와서 아무것도 할 줄도 모르는 바보 천치 등신이 됐어요. 그게 왜 내 탓이야? 그게 내 잘못이에요? 바보 천치 등신이 되라고 사람을 이런 곳에다 처넣은 인간들 잘못 아니에요?

이후 황 여사의 그 말은 수시로 떠올랐다. 단어나 문장은 조금씩 달라져도 그때 여자의 표정과 말투 같은 것은 선명하게 되살아났다. 그러면 처음부터 아무 생각 없이 황 여사를 도왔던 게 문제였다는 생각이 들었다. 책임지지도 못할 일을 만들고 자신과 여자 모두를 곤경에 빠뜨린 게 자신이라는 것을 부정할 수 없었다.

#

　종규의 노제는 9월에 열렸다.

　그날 그는 그곳에 있었다. 종규가 10년 넘게 매일 출퇴근했던 길 위였다. 4차선 도로 양옆으로 넘실거리는 강이 내려다보였다. 행진이 허락된 차선 하나를 경찰들이 에워싸다시피 하고 있었으므로 사람들이 걷는 속도는 더뎠다.

　그는 하얀 우의를 뒤집어쓴 사람들 틈에서 걸었다.

　커다란 깃발 여러 개가 앞장서고 작은 깃발과 팻말, 구호 같은 것들이 그 뒤를 따랐다. 여덟 사람이 멘 격자 구조물은 대열 가운데에 위치했다. 구조물 위에 하얀 천으로 감싼 나무 관이 있었다. 펄럭이는 깃발에 가려 관은 보였다가 말다가 했다. 비가 내리고 있었지만 바람은 뜨겁고 축축했다. 아스팔트에서 올라온 열기로 눈앞이 뿌예질 때도 있었다.

　경찰의 지시에 따라 행렬은 잠깐씩 멈춰 섰다.

　고개를 들면 반대 차선으로 느릿느릿 움직이는 차량들이 보였다. 차창으로 고개를 빼고 이쪽을 바라보는 사람들도 있었다. 경적을 울리며 짜증과 불만을 표출하는 차들도 있었다. 그는 내내 일렁이는 강물을 내다보고 있었다. 그러면 자신이 멈춰 서 있는 게 아니라 조금씩 밀려나고 있다는 착각이 들었다.

경찰이 신호를 하면 행렬은 느리게 다시 나아갔다.

그는 비현실적인 느낌에 휩싸여 한 발을 떼고 또 한 발을 뗐다. 어느 순간부터 구호 소리는 들리지 않았다. 가까이에서 걷는 사람들의 말소리도 듣지 못했다. 그곳엔 자신 혼자뿐인 것 같았다. 아니, 이제껏 알 수 없던 내부의 자신들이 하나씩 빠져나와 그와 나란히 걷고 있는 듯했다. 고개를 돌리면 오래전의 그이거나 한 번도 본 적 없는 그이거나, 결코 자신의 모습이 아닐 거라 믿었던 자신이 물끄러미 그를 마주 보고 있었다.

자신이 지켜야 할 것들에만 충실한 삶.

그가 보는 건 그런 자신의 삶이 누군가에겐 너무나 차갑고 혹독했을지도 모른다는 깨달음일지도 몰랐다.

행렬은 종규가 근무했던 지사 건물 근처까지 갔다. 종규가 근무했던 작업장은 회사 뒤편에 있었다. 사거리 앞까지 나온 회사 관계자들이 행렬의 출입을 필사적으로 막아섰으므로 행렬이 그곳에 머문 건 채 20분도 되지 않았다.

개새끼들.

그는 행렬을 주시하는 직원들을 향해 소리쳤다.

이거 불법입니다. 물러나세요.

급기야 그렇게 소리치는 한 직원에게 달려들었고 먹살을 잡으려고 했다. 주변 사람들이 만류하지 않았다면 이성이라 할 만한 걸 완전히 잃었을지도 몰랐다. 사람들이 전세버스에 올라 장지로 출발한 건 정오가 훨씬 넘어서였다.

그는 형편없이 쪼그라든 종규의 육체를 생각했다. 좁고 어두운 관 속에 종규가 있었다. 아니, 그곳엔 종규라고 할 만한 게 아무것도 없을지도 몰랐다. 그가 기억하고 동료들이 기억하는 종규는 이제 하나도 남아 있지 않을 거였다.

종규는 자신의 부친이 잠들어 있는 선산에 묻혔다.

네모나게 파낸 구덩이 안으로 관이 내려졌고 그도 다른 사람들처럼 차례를 기다렸다가 흙을 한 삽 떠 넣었다. 그런 후엔 몇 걸음 떨어져서 종규를 담은 네모난 관이 차곡차곡 흙에 덮여가는 광경을 우두커니 지켜보았다. 사람들이 차례로 준비한 말들을 읽어 내려갔다. 말소리는 커졌다가 낮아지고 훌쩍이는 소리가 뒤섞였다.

그는 아무런 감정도 느낄 수 없었다. 슬픔과 상실감, 분노나 박탈감 같은 감정들로부터 오히려 한 걸음, 두 걸음 자꾸 멀어지는 기분이 들었다. 오직 자신만이 그곳을 사로잡은 감정들로부터 비켜서 있는 것 같았다.

다음 날 아침 분기국사로 복귀한 그를 기다리고 있던

건 어제 제출한 월차가 결재되지 않았다는 소식이었다. 국장은 이는 무단결근에 해당하며 경고장이 발부될 거라고 말했다. 그는 이미 두 번의 경고를 받은 상태였다.

연차는 법적으로 한 달에 한 번 보장이 되어 있는 게 아닙니까.

그가 말했고 국장은 건조한 목소리로 노조 행사에 참여한 걸 어떻게 사적 용무로 봐야 하느냐고 되물었다. 다 같이 모여 회사를 성토하고 비난하는 데 열을 올리는 그 자리를 어떻게 일반인의 평범한 장례식으로 볼 수 있느냐고 했다.

누가 그럽니까? 거기서 회사를 비난했다니. 누가 그런 말을 해요.

제가 어떻게 알게 됐든 그게 중요한 게 아니잖아요. 그만하세요. 지금 정도면 나쁜 조건도 아니에요. 아시잖습니까. 더 나쁜 조건에도 사인한 사람 많아요. 저도 좀 살아야죠. 정말 좀 살려주세요. 진짜 저도 죽겠습니다.

그는 아무 대답도 하지 않고 그곳을 나왔다.

이튿날이 되자 출퇴근 명부에서 그의 이름이 삭제되었다. 그는 대기 발령 상태로 며칠을 더 기다렸다. 인사 담당자와의 통화는 계속 미뤄졌고 금요일이 되었을 때 국장은 더는 이곳에 출근하지 않아도 된다고 말했다. 이어 주말까지 사택을 비우라는 통보가 떨어졌다.

감정이라고 할 만한 건 느껴지지 않았다. 고요히 차오르고 일렁거리며 자신에게로 혹은 타인에게로 흐르던 마음의 움직임 같은 것을 더는 찾아볼 수 없었다. 그는 자신과 타인에 대한 연민과 동정을 그만두었다. 뭔가 바뀔 수 있다는 믿음이나 가능성마저 폐기하고 나자 내내 마음속에 들끓던 감정들도 잦아들었다.

그 주에 그는 미뤄둔 숙제를 해결하듯 어머니에게 전화를 걸었다. 조카 상호의 문제를 상의하기 위해서였지만 한참 동안 어머니가 하는 말을 듣기만 했다. 그리고 통화가 끝날 즈음에야 준비한 말을 읽어 내려가듯 간략하게 자신의 형편을 설명했고 상호에게 도움을 줄 수 없다는 뜻을 분명히 했다. 수화기 너머에서 어머니는 놀란 듯 말이 없었다. 그는 누구에게도 단 한 번도 그런 식으로 말해본 적이 없었다. 그는 고향 집 수리 비용을 더는 부담할 수 없고 나머지 비용은 형에게 맡기라는 이야기까지 하고 나서야 전화를 끊었다.

그것이 10월 초순의 일이었다.

4

\#

　이듬해 봄이 되어서야 그는 본사 인사 담당자와 마주
앉았다.

　그가 노조에 가입하고 반년이 지난 뒤였다. 조합원 자
격으로 교육과 시위에 참여하고, 본사 앞에 농성장을 꾸리
고, 퇴직을 거부하는 동료들과 끈질기게 버틴 결과였다. 노
조 지부장과 일부 조합원들을 복직시키라는 법원의 판결은
4월 말이 되어서야 선고됐다.

　저희가 일찍 연락을 드렸어야 했는데 죄송합니다.

　담당자의 태도는 공손했다. 그와 회사 사이에 무슨 일
이 있었는지 전혀 모르는 사람처럼 행동했으므로 그도 그
렇게 했다. 기존 월급의 80퍼센트 보장. 단일 직무 제공. 단

그곳에서 일하는 동안에 그는 본사 소속이 아니라 하청업체 소속으로 일해야 했다. 그럼에도 현장 업무가 모두 완료되면 본사 소속으로 복귀한다는 조건이 붙었다. 그는 받아들였다. 담당자는 그가 챙겨 온 동의서와 서약서, 입사지원서, 가족관계증명서 따위를 꼼꼼하게 살펴본 뒤 그에게 긍정적으로 생각하라고 충고했다.

새로운 발령지로 떠나기 며칠 전에 그는 처가에 들렀다.

다세대 건물을 헐값에 처분한 뒤로 해선과의 사이는 계속 삐걱거리고 있었다. 대화는 냉정하고 차분하게 이어지다가 거칠어졌고 막다른 곳에 이르렀다. 그러면 언성이 높아졌고 하지 않았어도 좋을 말들을 경쟁하듯 내뱉게 됐다. 그때마다 준오는 음악을 크게 틀거나 방문을 소리 나게 닫는 식으로 자신이 여전히 그곳에 있음을 알렸다. 한차례 소동이 끝나면 그를 외면하듯 지나치는 준오의 표정 속에서 아이가 품고 있는 감정을 정확하게 하나씩 건져낼 수 있을 것 같았다. 그것이 그의 마음을 아프게 했다.

마주치면 다툼을 피할 수 없었으므로 해선은 피신하듯 일터로, 처가로 옮겨 다니기 시작했다. 집을 비우는 건 채 하루가 되지 않았지만 그의 마음이 편할 리 없었다. 어느 날엔 서운한 마음이 들었고 울적한 기분이 들었다가 자신이 틀리지 않았음을 증명하고 싶은 오기 같은 게 생겨났다.

아, 자넨가. 해선이하고 이 사람은 잠깐 나갔네. 아마 조금 있으면 올 거야.

평일 오후 집을 지키고 있던 건 장인이었다. 장인은 느리게 문을 열고 조심스러운 걸음으로 다시 소파로 향했다. 다리 전체를 친친 감은 듯한 보호대 탓에 장인의 두 다리는 하얀 수수깡처럼 보였다. 그는 소파 한쪽에 자리를 잡고 앉았다. 장인의 건강 상태를 묻고 짤막한 답변을 듣고 나자 더는 할 말이 없었다. 텔레비전 소음마저 없었다면 시계 초침 소리까지 또렷하게 들릴 정도로 집 안은 고요했다.

그 주택 팔았다는 소리는 들었네.

한참 만에 장인이 다세대 건물 이야기를 꺼냈다. 여전히 텔레비전 쪽에 시선을 둔 채였다. 그는 그렇다고만 답했다. 침묵이 내려앉았다. 반쯤 열어둔 베란다 창 너머로 개 짖는 소리와 아이들 말소리가 들렸다가 말았다가 했다. 그는 왜 그럴 수밖에 없었는지 설명하려고 했다. 재개발이니 재건축이니 하는 말들에 홀린 듯 그 건물을 샀지만 당장 무너진다고 해도 이상할 게 없는 그 낡은 건물을 유지하고 지킬 여력이 더는 없었다고 털어놓을 작정이었다.

뭐 그럴 만한 사정이 있었겠지. 일하는 건 괜찮나, 어떤가.

장인은 그렇게 말했고 고개를 돌려 그의 얼굴을 바라보았다.

해선이 시시콜콜한 가정사를 다 말했을 리 없었다. 그가 말하지 않은 것들을 짐작해서 말할 성격도 아니었다. 그럼에도 마치 모든 걸 다 아는 듯한 장인의 두 눈을 마주하자 이상하게 안도하는 마음이 생겼다. 그는 지방 소도시로 가게 되었다고 털어놓았다. 그곳에서 본사 소속이 아니라 하청업체 소속으로 일하게 될 거라고도 했다. 정해진 기한이 없고 작업이 완료되면 본사로 복귀한다는 조건이 붙었지만 그게 정말 가능할지 알 수 없다는 말도 했다.

장인은 차분하게 그의 말을 들었다. 무슨 말이든 들을 준비가 된 것처럼 보였고 그런 장인의 태도가 그에게 얼마간 위안이 되었다.

포기하기가 쉽지 않지?

한참 만에 장인이 물었다. 그가 확실한 건 아무것도 없고 그래서 다른 방법이 없다는 이야기를 변명처럼 늘어놓았을 때였다.

그만두려면 벌써 그만뒀겠지. 그렇잖나. 글쎄. 나는 잘 모르겠네. 세상도 너무 많이 변하고 내가 일할 때랑은 또 다르겠지. 하기야 살다 보면 또 포기가 안 되는 게 하나는 있잖나.

장인은 자신도 몇 번 목수 일을 그만둘 기회가 있었다고 말했다. 서른 무렵에, 마흔 지나서. 그런 말을 들을 때마다 한 번도 본 적 없는 장인의 젊은 시절이 눈에 보이는 듯했다. 목수 일이 밉고 싫어서 뒤돌아선 게 여러 번이었지만 다시금 나무를 살피고 깎고 자르고 만지는 자신의 일로 되돌아올 수밖에 없었다며 장인은 잠시 베란다 쪽을 내다보았다.

오후의 햇살이 좁은 빌라 내부 깊숙이 밀려들고 있었다. 노부부가 사는 단출한 집 안 내부가 환해졌다. 그는 꼭 필요하다 싶은 물건들로만 채워진 실내를 훑어보았다. 제 주인을 닮은 듯한 물건들은 모두 제자리를 지키며 반듯하게 놓여 있었다. 그는 그런 고요와 안정을 얻기까지 장인 내외가 감당해야 했을 어떤 시간들을 잠깐 생각했다.

희한하지. 일이라는 게. 한번 손에 익고 나면 바꾸기가 쉽지가 않아. 어디, 일이라는 게, 일만 하는 법인가. 사람도 만나고 세상도 배우고 하는 거지. 요즘은 이렇게 무릎이 아프고 보니 다른 걸 했으면 어땠을까 싶기도 하네만 모를 일이지.

그날 저녁 그는 그곳에서 저녁을 먹고 해선과 함께 집으로 돌아왔다.

그가 느끼기에 두 사람 사이는 조금 편안해지고 부드러워진 것 같았지만 여전히 보이지 않는 벽이 가로막은 듯했다. 다음 날 아침이 되어서야 그는 노력하겠다고 말했고 마지막으로 한 번 더 회사를 믿어보고 싶다고 말했다. 해선은 내내 다른 쪽으로 고개를 돌리고 있었다. 마치 아무런 말도 듣지 못한 사람처럼 끝까지 어떤 대답도 하지 않았다.

그러니까 그것이 체념과 포기에서 비롯된 어쩔 수 없는 승낙이라는 것을 그도 모르지 않았다.

#

78구역 1조 9번.

그는 숫자로 이뤄진 간략한 소속과 이름을 부여받았다.

차를 몰고 네 시간을 넘게 달려 도착한 곳은 변두리의 소읍이었다. 마을이 바로 내다보이는 2차선 도로에 차들이 길게 늘어서 있었다. 도로를 막은 천막 때문이었다. 푸른 방수포를 씌운 천막 아래 알록달록한 옷을 입은 사람들과 경찰 서넛이 모여 서 있었다. 실랑이가 벌어진 듯 웅성거리는 소리가 그가 서 있는 곳까지 들렸다.

그는 차창을 내리고 잠시 그쪽을 내다보았다. 중앙선을 넘어 되돌아 나가는 차들이 보였다. 아예 차 밖으로 나와 언성을 높이는 사람들도 있었다. 그는 아스팔트에서 올라오는 열기를 느끼며 계속 차 안에 머물렀다. 경찰버스는 40여 분이 지나서야 왔다. 버스에서 내린 전경들이 사람들을 한쪽으로 몰고 통행로를 확보하기까지는 그보다 더 긴 시간이 걸렸다. 마침내 꼼짝 않던 차들이 느리게 움직이기 시작했다. 경찰 수신호에 맞춰 그도 조금씩 속력을 냈다.

누구요?

그리고 마을 어귀에서 노인 하나가 그의 차를 가로막았다. 그는 창을 열고 용무가 있다고 짤막하게 답했다.

용무? 무슨 용무? 너 사택에 새로 온 놈이지. 오냐, 잘 만났다. 우린 회사 놈들 절대 출입 못 시킨다. 기자 놈이고 경찰 놈이고 마찬가지야. 다 필요 없다. 당장 나가라.

노인이 지팡이로 보닛을 내리쳤다. 탕탕 소리가 났고 젊은 사람 둘이 더 왔다. 사람들은 그의 차를 둘러싸고 목소리를 높이고 위협적으로 굴었다. 경찰 서너 명이 쫓아왔고 그 사람들을 떼어내는 동안에도 그는 운전석에 앉아 가만히 전방을 내다보고 있었다.

마침내 길이 열리고 무전기를 든 경찰 하나가 크게 소리쳤다.

보내! 야! 보내라고! 들어가세요. 들어가세요!

겨우 차 한 대가 지나갈 만한 이면 도로로 접어들자 양쪽으로 드넓게 펼쳐진 논이 보였다. 멀리 허리를 숙인 사람들이 반쯤 물에 잠긴 채 논 위를 이리저리 걸어 다니고 있었다. 갓 심은 게 분명한 작고 연약한 벼들이 부드러운 바람 속에서 가볍게 흔들리는 게 보였다.

사택은 마을을 가로지르고 뒷산으로 향하는 길 초입에 있었다. 버려진 단층 한옥을 수리한 것이었는데 멀리서 보기에도 오래되고 낡아 보였다. 그는 널찍한 마당 한쪽에 차를 세우고 짐을 내렸다. 수돗가에 쪼그리고 앉아 고추와 오이를 씻던 사람이 몸을 일으키고 알은체를 했다.

일찍 오셨네요. 사람들이 순순히 들여보내줘요? 오늘은 꽤 많이 모였던데. 혹시 모기향 같은 거 있어요? 읍내 나갈 때마다 하나 사 온다, 사 온다 하면서도 자꾸 잊어버리네.

그가 차에서 트렁크를 꺼내고, 트렁크를 열어 모기향과 상비약을 건네주자 남자가 목소리를 높였다.

성격 한번 꼼꼼하시네. 이런 걸 다 챙겨 오고. 덕분에 오늘 밤엔 잠 좀 제대로 잘 수 있겠는데요. 야, 삼식아, 삼식! 우리 오늘 제대로 자겠는데?

마당 뒤편에서 한 사람이 더 나왔다. 키가 작고 통통한 청년이었다. 다리를 절뚝거리며 걸어 나오던 청년은 그와 눈이 마주치자마자 이런 말을 했다.

아, 이, 이거요? 몇 년 전에 저, 전봇대에서 떨어졌어요. 서, 선 따러 오, 올라갔는데 웬 미친 트럭이 와서 드, 들이받았어요. 아, 안 보였다나 어쨌다나. 알고 보니 마, 만취였어요. 근데 진짜 모, 모기향이 있어요? 지, 지난번에 택배로 주, 주문할랬는데. 시골이라 택배가 어, 어느 정도 모여야 배달이 되, 된다고 하, 하더라고요.

거기까지 말하고 청년이 길게 숨을 내쉬었다.

청년이 평상에 상을 펴고 자리를 잡자 수돗가에 쪼그리고 앉아 있던 사람이 씻은 고추와 오이를 들고 왔다. 어제 저녁 했다는 밥에서는 시큼한 냄새가 났고 어딘가에서 사왔을 반찬들은 맵고 짜서 도무지 식욕이 살아나지 않았다. 그는 밥을 반 이상 남겼다. 식사가 끝나고 청년이 아이스커피 세 잔을 만들어 왔다.

그는 커피를 한 번에 들이켜고 물었다.

이름이 삼식이에요?

아, 이, 이름은 아니고요. 제가 사, 삼번이라서 그냥 사, 삼식이라고 불러요. 저 형은 치, 칠번이라 칠형이고요.

3번이 답하고 곁에 있던 7번이 한마디 더 했다.

뭐, 편하게 부르시면 됩니다. 번호야 회사가 멋대로 갖다 붙이는 거니까. 이 마을 직원한테는 10번 안쪽 번호를 준다고 하는데 모르죠. 아무튼 요 옆 동네는 12번으로 시작해요. 거기도 사택이 몇 채 있고 그 옆 동네도 있다는데 몇 명이나 있는지는 모르죠. 근데 여기 총 몇 개 박는다고 했지? 탑 말이야.

첨엔 두, 두 개라고 했는데 하, 한 개 더 박는다고 했다가 또 하나 더 바, 박는다고 하고. 그러면 초, 총 네, 네 개인가? 아무튼 다, 다섯 개는 아, 안 넘어요. 왜 이, 있잖아요. 보, 본사에서 온 사람, 걔, 걔가 그러던데요.

또, 또. 걔가 뭐야. 걔가. 내가 말조심하라고 했지.

회사는 마을 뒷산에 통신탑을 설치하는 중이었다. 그것이 그가 들은 이야기의 전부였다. 재난 시에도 끄떡없는 셀폰 타워를 조성한다고 했지만 통신탑을 가장 먼저 세우고 그 일대 통신 사업을 독점하려는 의도를 모르는 사람은 없었다.

날은 금방 저물었다. 놀랍게도 가까운 곳에서 소 울음

소리가 났다. 선선해진 밤공기를 타고 먼 산에서 새소리가 들릴 때도 있었다. 밤이 깊어지고 나서야 그는 7번과 함께 마을을 돌아볼 수 있었다. 반경을 조금씩 넓히며 사택 주변을 크게 도는 거였다.

저기 안테나 보여요? 저기가 마을회관이에요. 외부 사람들이 저기 많이 와요. 기자들도 있고 시민단체 사람들도 오고. 자원봉사자들도 한동안 들락거렸는데 요즘은 뜸해요. 저쪽 비닐하우스 앞에 주택 보이죠? 거기가 젊은 부부 집이에요. 그 너머가 이장 집이고요.

어둠 속에서 7번의 목소리는 커졌다가 작아졌다가 했다. 주변 소음에 따라 미세하게 볼륨을 조절하는 것 같았다. 7번은 똑같은 설명을 두 차례 더 반복한 뒤에 확인하듯 물었다.

대충 감이 와요?

불빛이 거의 없는 시골의 밤 풍경이 건물과 주택의 형체와 색감을 비슷비슷하게 만든 탓에 그는 방향을 정확히 가늠하기도 어려웠다.

저기가 마을회관이라고 했죠?

마을회관은 이쪽이오. 봐요. 저기 진입로 따라 오다가 왼편이잖아요. 저쪽은요?

젊은 부부가 산다고 했나요?

아니. 저건 이장 집이고 그 앞이 젊은 부부네. 새로 공사해서 2층을 올렸잖아요. 봐요. 테라스도 있고 부지가 꽤 넓잖아요. 그 옆은요?

누가 죽었다고 했었던 것 같은데.

맞아요, 얼마 전에 초상 치렀어요. 일흔 넘은 부부가 둘이 살았는데 할아버지가 얼마 전에 죽었거든요. 사고랬나, 암이랬나, 아무튼 그래요.

그렇게 서너 번을 더 반복한 뒤에야 그날의 일과가 끝났다.

7번은 새벽부터 일이 시작될 테니 일찍 자라고 당부한 뒤 방으로 들어갔다. 마당이 바로 내다보이는 기다란 마루를 따라 방 세 개가 나란히 붙어 있었다. 그러나 방은 너무 좁았고 문을 닫으면 갑갑한 느낌이 들었다. 문을 열어두면 모기가 달려드는 탓에 잠을 이루기 어려웠다. 모기향을 피워놨지만 별 소용이 없었다.

그는 결국 얇은 이불을 들고 마루로 나왔다. 산에서 내려오는 새벽 공기가 차고 맑았다.

왜, 왜요? 다, 답답하세요? 그럼 여기서 주, 주무세요. 저, 저도 처음엔 제, 제대로 잠 못 잤어요. 그래도 겨, 겨울 생

각하면 낫죠. 여기 나, 난방이 제대로 아, 안 돼서 진짜 춥거
든요. 도, 동네 사람들이 언제 쳐들어올지도 모, 모르고요.

간이 모기장을 치고 마루에 누워 있던 3번이 옆쪽으로
조금 물러났다. 몇 마디 나누고 방으로 들어가야지 했지만
대화는 느리게 이어졌다. 3번은 이곳에서 일한 지 8개월이
넘었다고 했다. 서른 중반이고 미혼이어서 그가 보기엔 이
곳이 아니어도 다른 기회가 많을 듯싶었다.

아직 젊은 편이라 다른 일 배우는 것도 나쁘지 않을 텐
데요.

그는 다만 그렇게 말했다.

그러자 3번은 다른 일은 별로 생각해본 적이 없다고 했
다. 뭔가 새로 배우고 준비할 만한 시간이 부족하다고 했다
가, 돈이 없다고 했다가, 실은 그런 생각 자체를 하지 않은
지 오래됐다고 중얼거렸다.

사실 벼, 별로 자신이 없어요. 마, 말도 제, 제대로 모,
못하고, 다, 다리 절뚝이는 벼, 병신을 누가 써, 써요. 그냥
여기 일 자, 잘 마무리되면 집 가, 가까운 데로 발령 내, 내
준다니까 버, 버텨봐야죠.

어디선가 개 한 마리가 짖으면 약속이나 한 듯 여기저
기서 개 짖는 소리가 따라왔다. 3번은 낄낄거리며 몇 달 전

에 개에게 물린 적이 있다는 이야기를 했다. 노인 하나가 개를 풀어놓고 자신을 위협했다는 거였다.

차라리 개, 개한테 무, 물리는 게 나아요. 여기선 사람도 마, 막 물거든요. 내일 저기 오, 올라가보시면 아시게 되, 될 거예요.

멀리 산 중턱에서 불빛이 반짝거렸다. 그는 휴대폰을 만지작거리며 해선에게 문자 한 통을 보냈다. 한참 만에 끼니를 잘 챙기라는 말과 건강을 조심하라는 짤막한 답이 왔다.

#

그에게 처음 주어진 업무는 나무와 수풀로 우거진 산 중턱을 편편하게 고르고 컨테이너를 내려놓을 공간을 확보하는 것이었다. 장비와 기계를 다루는 기술과 노하우가 필요한 일이었고 그가 바란 대로 사람을 상대하지 않아도 되는 일이었다.

다음 날 해가 뜨기 전 세 사람은 산 중턱으로 향했다.

한밤에 불빛이 반짝이던 곳이었다. 어깨에 멘 장비 탓에 금방 열이 오르고 등줄기로 땀이 흘러내렸다. 포장된 길이 끝나자 거기서부터는 축축한 흙길이었다. 7번이 앞장서고 그와 3번이 뒤를 따랐다. 물통 세 개는 금방 동이 났다.

이것도 그나마 지난달에 길을 내서 이 정도예요. 중장비 들여오고 할 때도 우리가 길 막고 땅 다지고 직접 다 했어요. 못 들었어요?

7번은 앞서 걷다가 잠깐씩 걸음을 멈추고 두 사람을 기다려주었다. 날은 금세 밝았다. 어둑어둑하던 주변이 환해지자 우거진 수풀에서 뜨겁고 습한 기운이 올라왔다.

방수포를 씌운 움막 두 채는 산 중턱에 있었다.

움막 앞에 커다란 지게차 한 대가 서 있고, 움막을 등진 사람들과 지게차를 등진 경찰들이 대치 중이었다. 오전이 되자 카메라를 든 사람들과 소속을 알 수 없는 사람들이 계속 모여들었다. 나중엔 좁은 산길이 사람들로 발 디딜 틈 없을 정도였다. 작업 조끼를 입은 그와 동료들은 본사 직원들이 시키는 대로 산길 옆으로 물러나 있었다. 그곳에서 지시를 기다리는 거였다.

비키세요. 비키십시오.

확성기에서 경찰의 경고 방송이 나오고 있었지만 열 명 남짓한 주민들의 저항은 거셌다. 그 사람들이 내지르는 고성으로 귀가 먹먹해질 정도였다. 그런 소란 속에서도 7번은 자신이 있어야 할 자리를 정확하게 지켰고 준비해야 할 것들을 빈틈없이 챙겼다.

이쪽으로 오세요. 삼식이 너도 내 뒤에 서 있어.

그는 7번이 시키는 대로 했다. 언젠가 뉴스에서 스치듯 지나쳤던 장면들이 바로 눈앞에 펼쳐지고 있었지만 더는 놀라운 마음이 들지 않았다. 그는 오늘 맡은 일을 제대로 해내야겠다는 생각만 했다. 그게 뭐든 정확하고 신속하게 일을 마쳐야 한다는 생각뿐이었다.

다 왔어요? 인원 카운트하세요.

한참 만에 무전기를 들고 이리저리 움직이던 현장감독이 지시를 내렸다. 누군가 재빨리 직원들의 소속과 인원을 파악했다. 한꺼번에 사람들이 떠밀리면서 몇 차례 균형을 잃을 뻔한 뒤로 그는 허리를 숙이고 몸의 중심을 낮추었다. 온몸은 이미 땀으로 젖어 있었다. 몸을 움직일 때마다 살갗을 타고 땀이 흘러내렸다.

구체적인 작업 지시는 정오가 지나서야 떨어졌다.

자, 1조부터 5조까지! 들어갑니다! 나와요! 길 쪽으로 나오라고!

감독관이 빨간 깃대를 높이 들어 올렸다. 경찰들이 구호를 외치며 주민들을 밀어내기 시작했다. 하나 할 때 밀고

둘 할 때 사람들을 한 걸음씩 밀어내는 거였다. 밀려나지 않으려는 주민들의 목소리가 커졌다.

1조부터 진입합니다. 들어가세요. 안전모 착용하세요. 안전모! 빨리빨리 움직여요!

그는 7번과 3번 그리고 다른 팀원들과 함께 대오를 이룬 다음 일렬로 서서 움막을 향해 나아가려고 했다.

자! 빨리빨리 들어가라고! 시간 없어! 빨리!

경찰들이 주민들을 밀어내는 동안 좁은 길이 만들어졌다. 그러나 길은 겨우 생겨났다가 사라졌고 가느다랗게 열렸다가 완전히 막혀버렸다. 발소리들이 부딪히고 뒤엉키고 미끄러졌다. 그 역시 장비와 함께 몇 번이고 고꾸라졌다. 머리 위로 욕설과 고성이 쏟아졌다. 무슨 말을 하는지 알아듣기도 전에 날계란과 흙더미와 돌멩이 같은 것들이 날아올 때도 있었다. 그는 계란과 흙이 엉켜 붙은 손바닥을 작업복 바지에 문질러 닦은 뒤 재빨리 일어났다. 그런 다음 본능적으로 장비를 가슴 쪽으로 바꿔 메고 자세를 낮췄다.

이런 상황은 그가 예상하지 못한 것이었다. 그럼에도 그는 입을 다물고 앞으로 나아가는 데에만 몰두했다. 그는 다리가 불편한 3번을 자신 앞에 세우고 체중을 실어 떠밀었다.

자, 올라가자. 올라가. 올라가자고.

그의 입에서 거친 숨이 뿜어져 나왔다.

그 순간엔 앞으로 나아가려고 안간힘을 쓰는 자신의 두 다리와 더워지는 숨소리, 자신을 둘러싼 뜨거운 기운밖에 느껴지지 않았다. 다른 사람들은 모두 사라지고, 소리와 배경도 사라지고, 결코 오를 수 없을 것 같은 가파른 산길과 자신, 단둘뿐인 것 같았다.

이튿날은 기온이 37도까지 치솟았다.

오전에 주민과 회사, 공무원 사이의 공청회가 예정되어 있었다. 어제 움막을 제대로 철거하지 못한 탓에 그를 포함한 직원들은 어제보다 더 이른 시각에 산을 올랐다. 오늘은 반드시 움막을 철거하라는 지시가 있어서였다. 움막 근처에 이르자 먼저 온 다른 팀들이 그곳에 남은 주민 서너 명과 실랑이를 벌이고 있었다.

다른 직원들이 주민들을 제지하는 동안 그는 계곡물을 끌어오는 펌프를 제거하고 전기 발전기를 분리했다. 그런 후엔 움막 안으로 들어가 일회용 가스레인지와 도마, 냄비와 그릇, 라디오와 플라스틱 게시판 같은 것들을 쓰레기봉투에 쓸어 담았다. 움막을 덮은 방수포와 이불 여러 장을 걷어냈고 여닫을 때마다 끽끽 소리가 나는 쪽문까지 제거한 뒤에야 땅에 박힌 앵글 지지대를 하나씩 뽑아낼 수 있었다.

3번과 7번이 철거한 철제 앵글과 쓸 만한 것들을 포대에 골라 담는 동안 그는 체인톱에 시동을 걸고 주변에 무성하게 자라난 수풀과 나뭇가지를 말끔히 잘라냈다. 그곳에 컨테이너가 놓일 예정이었다.

편편하게 땅을 고르고 그 일대에 높다란 펜스를 널찍하게 설치한 뒤에야 그날 작업이 끝났다.

그 일이 예상외로 너무나 순조롭게 끝났기 때문에 그로선 회사가 왜 이런 일을 주었을까 하는 의문이 들 정도였다. 이대로라면 일이 금방 마무리되고 복직이 이뤄질지도 몰랐다. 아니, 이제 그를 움직이는 건 복직이니 복귀니 하는 회사의 약속이 아닐지도 몰랐다. 그는 다만 그런 생각을 하지 않으려고 일했다. 일하는 동안에는 자신 내부를 뒤흔드는 어떤 것들을 잠재울 수 있었다. 그에게 일은 이제 뭔가를 지우고 잊기 위해 하는 어떤 것이 된 건지도 몰랐다.

#

며칠 뒤 한밤에 주민들이 기습적으로 들이닥친 일이 있었다.

징과 꽹과리 소리가 점점 가까워지는가 싶더니 어느새 마당 안까지 들어온 사람들이 집이 부서져라 소음을 냈다. 차 안에서 선잠을 자던 그가 밖으로 나왔을 때 마당은 확성기 소리와 악다구니로 귀가 따가울 지경이었다. 나지막한 담 너머로 서너 사람이 더 오는 게 보였다.

움막을 다시 돌려놔라. 이놈들아! 누가 도둑고양이처럼 와서 없애놓으라고 했냐. 우리가 바보 천치 등신인 줄 아냐!

미, 미치겠네. 또 왜 이, 이래요. 우리한테 아, 아무리 이래 봐야 소, 소용이 없다니까요.

마루에서 자던 3번이 가장 먼저 마당으로 달려 나왔다. 7번은 이런 소동이 익숙하다는 듯 방문을 열고 나서도 내내 바깥을 내다보고만 있었다.

왜 이러는지 몰라서 물어? 남의 움막을 쑥대밭으로 만들어놓고 그래, 잠이 잘 오더냐.

대부분 나이가 많은 사람들이어서 위협적으로 느껴지지는 않았다. 그렇지만 막무가내인 데다 인원이 너무 많았다. 한 사람을 제압하면 또 다른 사람이 징을 때리고 꽹과리를 두드렸다. 그는 그들이 손에 쥔 것들만 빼앗을 생각이었다. 그러나 뒤에서 옆에서 앞에서 사람들이 그의 몸을 사정없이 잡아당기기 시작했다.

이놈들! 왜 남의 물건에 손을 대! 우리가 언제 너희 물건에 손댄 적이 있냐. 남의 건 귀한 줄 모르고 제 것만 귀한 줄만 알지. 천막 내놔라, 이놈들아. 내놓으라고.

주민들은 손에 쥔 것을 빼앗기지 않으려고 몸부림쳤고, 무엇이든 닥치는 대로 집어 던지려 했다. 그는 맨손으로 그들을 상대해야 했다. 마침내 3번이 징을 빼앗았고 그가 꽹과리와 확성기를 빼앗아 들었다. 휘청거리며 물러서는 3번의 눈 주변이 발갛게 부어올라 있었다. 그의 손등에도 긁힌 자국이 남았다. 긁힌 자국 위로 옅게 피가 배어 나오고 있었다.

지, 진정하세요. 이, 이렇게 하, 하지 마, 마시고요.

3번이 달려드는 노인을 껴안다시피 하고 사정하듯 말했다.

진정? 어떻게 진정을 할까? 너희 부모가 저 전자파 아래 산다 생각해봐라. 평생 산 마을이 죽은 땅이 되게 생겼는데 진정할 미친놈이 어디 있어.

아니, 그럼 어, 어떡해요. 위, 위에서 시, 시키면 해야죠. 제, 제가 무슨 히, 힘이 있어요.

그래. 그 위가 어디냐. 그 위가 어디냐고!

마침내 7번이 마당 밖으로 걸어 나왔다.

그걸 저희가 어떻게 알아요. 저희는 그냥 직원이에요. 월급 받고 일하는 직원이라고요. 왜 여기 와서 난리예요. 난리가!

오냐. 그래 말 한번 잘했다. 그럼 일 시키는 놈을 데려와라. 그놈 낯짝 한번 보자. 여기 끌고 와. 이놈들아! 무조건 위에서 시켰다고 하면 그만이지. 위에서 시켰다, 누가 시켰다. 네놈들은 눈도 없고 귀도 없는 등신들이야? 왜 시키는 대로만 해.

그는 운전석 문을 열고 경적을 서너 번 울렸다. 나중엔 사람들이 말을 그칠 때까지 경적을 누르고 있었다. 그런 뒤에 그는 마을 뒷산이 회사 사유지라고 말했다. 사유지 안에 움막을 설치하는 것은 불법이며 무단으로 설치한 것이니 철거하는 것이 당연하다는 말도 했다.

사유지? 불법? 그럼 남의 마을에 저런 흉물스러운 탑을 몇 개나 처박는 건 불법이 아니더냐.

그가 말을 끝내기도 전에 누군가 그의 가슴팍을 손가락으로 쿡쿡 찔렀다. 사이드미러 부서지는 소리가 났고 뭔가로 트렁크와 차체 여기저기를 내리치는 소리가 요란해졌다. 그는 차 옆에 붙어 선 사람들을 떼어내고 자신에게 달려드는 사람들을 뿌리쳤다. 어쨌거나 일을 크게 만들고 싶지는 않았다. 그러나 사람들의 기세는 꺾이지 않았고 피로와 피곤 같은 것들이 그를 점점 더 곤두서게 만들었다.

결국 그는 3번에게 호통치듯 하는 노인을 떼어냈고 힘껏 떠밀었다.

노인은 중심을 잃고 뒷걸음질 치다가 바닥으로 나둥그라졌다. 쓰러진 노인을 살피느라 사람들 사이의 동요가 잠깐 그쳤다. 그는 바닥에 떨어진 꽹과리며 징이며 확성기 같은 것들을 멀리 던져버렸다. 그런 다음 사람들을 마주 보며 똑바로 섰다. 사람 죽인다는 비명이 새어 나왔고 다시금 사람들이 목소리를 높이기 시작했다. 그가 보기에 그들은 더 이상 힘없는 노인이 아니었다. 순진하고 선량한 마을 주민도 아니었다.

그들은 그가 처리해야 할 일의 일부였다.

그래. 너는 애미 애비도 없냐. 네 부모가 이렇게 하라고 가르치더냐, 에라이 이 몹쓸 놈아!

그는 그런 식으로 자신에게 날아오는 말들을 나직이 읊조렸다. 그러자 자신이 정말 그런 사람이 된 것 같았고 그렇게 되어도 아무렇지 않을 것 같았다. 그보다 더한 것이 되어도 상관없다는 생각이 들었다. 어떻게 해도 점점 더 난

폭해지는 스스로를 막을 아무런 이유도 찾을 수 없었다.

그, 그만하세요. 그, 그만. 경찰 왔어요. 경찰 왔다고요. 그, 그만해요.

3번이 뒤에서 힘껏 껴안고 나서야 그는 그 자리에 우뚝 멈춰 섰다. 마당 너머 번쩍이는 경광등 불빛이 보였다. 경찰 두 명이 모자를 탁탁 털며 마당 안으로 들어서는 중이었다. 그는 숨을 고르며 그 자리에 멈춰 섰다. 얼굴이 화끈거리는 탓에 눈을 제대로 뜰 수가 없었다. 온몸이 땀으로 젖어 있었다. 경찰들이 주민들과 이야기를 나누는 동안 그는 수돗가에 쪼그리고 앉아 손을 씻고 세수를 했다. 달아오른 열기는 좀처럼 가시지 않았다. 오히려 점점 더 뜨겁게 달아올라 아주 작은 자극에도 폭발해버릴 것 같았다.

그는 시빗거리를 찾듯 바닥을 골똘히 내려다보았다. 수챗구멍 틈에 라면 몇 가닥과 상추 이파리들이 끼어 있었다. 그는 고무호스의 입구를 쥐고 세차게 물을 뿌리기 시작했다. 차라리 기운이 다할 때까지 밀고 당기고 대거리라도 하고 싶었다. 그러면 자신과 그걸 지켜보는 자신과 자신이 아닐 거라 여겼던 자신의 모습 같은 것들을 잠시 잊게 될지도 몰랐다. 기운을 다 쓰고 맥이 빠지면 잠시나마 편안해질지도 몰랐다.

그리고 그날 밤, 그는 자신이 어떤 사람인지에 대해 생각하는 것을 그만두었다. 더 이상 그런 것들을 고민할 필요가 없다고 결론 내렸다. 그러자 더 이상 중요한 것은 단 하나도 남아 있지 않은 것 같았다.

못 할 게 뭐 있나. 다 하는 거지. 하는 데까지 해보는 거지.

읍내 지구대에서 폭행 관련 조사를 받고 돌아온 늦은 밤에 그는 3번에게 그렇게 말했다. 일이라는 건 매일 끔찍하도록 같은 작업을 반복하면서 기술을 배우고 노하우를 익히고 실력을 늘려가는 것이었다. 그거면 됐다. 그게 무슨 일인지, 어떤 일인지 생각할 필요는 없었다.

그는 그 이상의 것들을 생각하지 않기로 했다.

#

그해 여름엔 비가 드물었다.

구름이 깔리고 소나기가 쏟아질 것 같다가도 거짓말처럼 날이 개었다. 여름 가뭄이라는 기이한 날씨가 계속되는 동안 그가 한 일은 철거하면 세워지고 또다시 세워지는 움막을 사이에 두고 주민들과 똑같은 싸움을 되풀이하는 것이었다. 뙤약볕이 쏟아지는 한낮에, 날이 밝아올 무렵에, 해가 질 즈음에 방수포를 뜯고 앵글을 분리하고 말끔하게 땅을 다져놓으면 다음 날 또 다른 곳에 움막이 세워졌다.

그래서 나중엔 한밤에 산을 지키며 움막을 지으러 올라온 주민들을 저지해야 했다. 그들이 맨손이 아니었으므로 그와 동료들도 늘 뭔가를 집어 들었다. 주변에 널린 자재나 장비를 들고 예의나 도리, 인간적이라고 할 만한 것들을 잠시 잊는 거였다. 마을 사람들도 마찬가지였다. 어둠 속에서 겁에 질린 눈들이 빛났다. 그런 순간이면 누가 더 절실하고 절박한지 경쟁이라도 하는 것 같았다.

그는 지고 싶지 않았다. 이기고 싶었고 해내고 싶었다. 그럼에도 자신이 상대하는 게 이렇게 늙고 약해빠진 노인들이라고 생각한 적은 없었다. 그러나 대치가 격해지면 져서는 안 된다는 각오와 오기가 다른 모든 생각들을 압도해버렸다.

그리고 추석을 며칠 앞둔 어느 날 마을 이장이 젊은 남자와 여자를 대동하고 사택을 찾아왔다.

이장이 굳은 표정으로 한두 걸음 뒤에 서 있는 동안 적극적으로 말을 걸고 대화를 시작한 건 젊은 사람들이었다. 그들은 해결책을 찾고 싶다고 했고 합리적인 방안을 마련하고 싶다고 했다. 차분하고 온화한 두 사람의 말투와 태도가 7번과 3번의 마음을 얼마간 누그러뜨린 게 틀림없었다. 운전석에 앉은 그는 호의적으로 구는 두 사람의 모습을 백미러로 지켜보기만 했다. 마루에 걸터앉은 그들의 대화는 조금씩 부드러워졌다. 그래 봐야 서로의 기분을 상하지 않는 선에서 같은 말을 다른 방식으로 반복하고 있는 것뿐이었다.

아시는 대로만 말해주시면 돼요. 어차피 지금 본사에 소속된 것도 아니시잖아요. 익명으로 나가는 거라서 걱정할 것도 없고요. 저렇게 철탑을 지상에 건설할 경우 경비 절감이 얼마나 되는지 공사 기간은 어느 정도 예상하고 있는지 간단히 말씀해주시면 되는 거예요. 아니면 자료를 직접 저희한테 주셔도 좋고요. 저희도 어느 정도 자료가 있어야 협상을 시작할 수 있어요.

그러니까 그들이 원하는 건 회사 내부 자료였다. 그들은 사소한 정보라도 제공해달라고 했고 약소하게나마 보상을 하겠다고 했다. 그는 그 모든 말을 듣지 못한 사람처럼 내내 백미러만 주시하고 있었다.

이게 솔직히 저희도 좋아서 하는 일이 아니거든요. 여기 빨리 정리되면 저희도 좋죠. 누가 이 시골에 처박히고 싶겠어요.

7번이 말했고 3번이 거들었다.

그, 그런 게 이, 있으면 혀, 협상이 되, 되는 거예요? 어, 어떻게요?

결국 그가 차 밖으로 나왔다. 소리 나게 차 문을 닫고 마당 한쪽에 쌓아둔 작업 가방을 끌고 온 뒤 3번을 불렀다.

그러고 있지 말고 여기 와서 이거나 정리하자. 그 사람들이랑 쓸데없는 이야기 그만하고 저녁에 올라갈 준비나 하자고.

그, 그게 아, 아니라요. 이, 이분들이.

3번이 우물쭈물했고 대답을 한 건 7번이었다.

너무 그럴 거 없어요. 방법 있다니까 한번 들어보는 거지. 여기 나가고 싶은 건 피차 마찬가지잖아요.

그런 식으로 대화의 주도권을 뺏기지 않으려는 7번의 의도를 모르는 건 아니었다. 그러나 그즈음 그의 인내는 한계에 다다랐고 더 이상 가만히 뭔가를 두고 보기가 어려웠다. 다짜고짜 와서 회사 자료를 제공해달라는 사람들의 무례함도. 아무런 소속감도 책임감도 없이 그들의 말을 수긍하듯 듣고 있는 두 사람의 아둔함도. 이런 사람들 탓에 지지부진한 이곳의 작업 상황도 모두 마음에 들지 않긴 마찬가지였다.

어차피 위에서 하는 일입니다. 우리가 무슨 결정권이 있습니까? 우리는 그냥 시키는 대로 합니다. 월급 받는데 못 할 게 뭐 있어요. 시키는 대로 하는 거지.

그는 언성을 조금 더 높였다. 그런 다음 보란 듯 작업 가방을 뒤집어 그 안에 든 것들을 쏟아버렸다. 망치와 니퍼, 펜치와 렌치, 커터칼과 나사 같은 것들이 쏟아졌다. 그는 수돗가 옆에 놓인 전동드릴과 체인톱, 크기별로 정리된 칼날과 안전모, 보호대와 장갑 같은 것들까지 모조리 들고 왔다.

이리 오라니까. 준비를 해야 밤에 또 올라갈 거 아니야.

그는 머뭇거리는 3번을 끌고 마당 한가운데로 나왔다. 절뚝거리며 따라오던 3번의 한쪽 발이 꺾이고 상체가 바닥으로 고꾸라졌다. 이장 곁에 앉아 있던 남자가 놀란 듯 달려 나왔다.

아니, 왜 이러세요. 이러지 마시고 말로 하세요. 말로 하세요, 선생님.

그는 낑낑거리는 3번을 내팽개치듯 밀어내고 물었다.

당신들 여기서 뭘 하는 겁니까?

이 근처에 저런 통신탑이 몇 갠 줄 아세요? 좋아요. 위에서 시키는 대로 한다니까 그럼 위에 한번 물어보세요. 자기 가족들이 사는 곳이라도 이렇게 할 수 있는지. 아무리

시키는 대로 한다지만 생각이란 건 하잖아요. 그건 할 수 있잖아요. 객관적으로 한번 보세요. 이게 상식적인 일이에요? 옳은 일이냐고요. 여기 사는 사람들 다 죽으라는 소리밖에 안 돼요. 노인 분들만 사는 이런 작은 마을에 저런 고주파가 흐르는 게 말이 된다고 생각하세요?

뒤따라온 여자가 목소리를 높였다. 그는 화가 나서 자신에게 달려드는 3번을 제압한 뒤 이렇게 대꾸했다.

옳은 일만 할 수 있으니 좋겠네요.

3번은 두 손이 등 뒤로 꺾인 채 끙끙거렸다. 여자가 그를 노려보았다.

이게 당신들이 하는 일입니까? 좋은 일, 옳은 일. 그게 당신들 일이에요? 월급 얼마 받아요? 많이 받아요? 얼마든 주는 만큼 받고 살 수 있으니 좋네요. 고맙다, 훌륭하다, 칭찬도 듣고요.

그는 여자를 향해 이죽거렸다. 여자의 얼굴에 당혹스러움이 떠올랐고 이내 멸시와 경멸의 기색이 어른거렸다.

이봐요. 나는 내가 무슨 일을 하는지 모릅니다. 알 필요도 없고요. 통신탑을 몇 개나 더 박아야 하는지, 백 개를 박는지, 천 개를 박는지, 그게 고주파인지 저주파인지 난 관심없어요. 나는 이 회사 직원이고 회사가 시키면 합니다. 뭐든 해요. 그게 잘못됐습니까?

곁에 서 있던 남자가 말했다.

선생님, 다들 돈이 필요하지만 모두 그렇게 살진 않습니다.

그는 보란 듯이 3번의 다리를 걸고 힘껏 떠밀었다. 3번이 중심을 잃고 비틀거리다가 이내 바닥으로 고꾸라졌다. 그는 무릎을 감싸 쥔 3번을 가리키며 말했다.

봐요. 일이라는 건 이런 겁니다. 얘 다리가 왜 이렇게 된 줄 알아요? 그까짓 옳고 그른 것 구분을 못 해서 다리 병신이 된 줄 압니까? 일이라는 건 결국엔 사람을 이렇게 만듭니다. 좋은 거, 나쁜 거. 그런 게 정말 있다고 생각해요?

그래서 방법을 찾아보자는 거잖습니까. 외국엔 통신탑 설치에 관한 매뉴얼이 상세하게 있습니다. 우리도 법이 없어 그렇지 다 같이 조정해서 법안을 내면 돼요. 네, 물론 쉬운 일은 아니죠. 아닐 겁니다. 그래도 조금씩만 양보하면.

남자가 거기까지 말했을 때 그가 되물었다.

양보요? 내가 뭘 양보합니까? 내가 뭘 더 양보할 수 있을 거라고 생각해요?

연세 드신 분들과 이렇게 매일 싸우는 게 괜찮으세요? 괴로우시잖아요. 힘드실 거 아닙니까. 이러려고 여기 오신 건 아니잖아요.

그는 3번의 뒷덜미를 잡아 강제로 일으켰다. 그런 다음 뒷주머니에서 꽂아둔 목장갑을 꺼내 3번의 바지춤과 셔츠 여기저기를 털어주었다. 장갑이 옷가지 여기저기를 탁탁 때릴 때마다 흙먼지가 피어났다.

내가 이 동네 노인들과 싸운다고 생각해요? 난 이 동네 사람들과 싸우는 데에는 아무 관심 없습니다. 그만 가요. 더 이상 할 말 없습니다.

그 일이 있은 후 마을 사람들 사이에서 그는 아주 몹쓸 인간이 되었다. 누구도 더 이상 그에게 인간적인 배려나 호의를 기대하지 않았으므로 그로선 차라리 아주 마음이 편했다. 3번과 7번도 예외가 아니었다. 그 일이 있은 후 3번은 그와 눈도 제대로 맞추지 못했다. 그가 무슨 말을 하면 겁에 질려 반사적으로 움직였고 때로는 그보다 훨씬 더 거칠게 주민들을 몰아붙였다. 7번은 그날 이후 완전히 입을 다물어버렸다. 할 말이 있을 때는 3번을 통해 짤막하게 용건을 전달했고 그도 그렇게 했다.

한동안 일은 소강상태에 들었다.

주민 서너 명이 단식에 돌입했다는 보도가 나간 뒤였다. 그들은 사택이 바로 내다보이는 곳에 텐트를 치고 피켓을 세우고 이 일과 무관한 사람들을 자꾸 불러들였다. 기자들이 왔고 시민단체 사람들이 왔고 종교인들이 가세했다. 나중엔 아무 소속도 상관도 없는 일반인들까지 몰려들었다. 그중엔 유모차를 끌고 온 사람들도 있었다.

그와 동료들이 잠깐이라도 사택을 나서려고 하면 경찰과 주민 사이에 몸싸움이 격해졌다. 사택 안으로 돌멩이와 쓰레기 같은 것들이 날아올 때도 있었다. 결국 사택 입구부터 산 바로 아래까지 길게 바리케이드가 쳐졌다. 그런 식으로 좁은 통행로를 확보하는 거였다.

그는 식사 준비를 하고 수돗가에서 빨래를 하며 오전 시간을 보냈다. 낮에는 사택 뒤편 텃밭에 심어둔 상추와 고추 모종을 살폈고 간단히 식사를 해결한 뒤에는 마당 한가운데 평상에 누워 지냈다. 여름의 막바지였으므로 해가 지면 제법 선선한 바람이 불었다. 오전에 널어놓은 빨래는 저녁 무렵이면 바짝 말랐다. 저녁이면 그는 운전석에 앉은 채,

라디오를 크게 틀었다. 뉴스에서 바로 내다보이는 마을 소식이 잠깐씩 보도되곤 했다.

통신탑 설치를 강행하는 회사와 그것을 저지하는 주민. 대부분의 보도가 그런 식이었다.

뉴스 속에는 힘없고 선량한 주민들과 끈질기게 설득 작업을 펼치는 회사가 있었다. 더 나쁜 쪽으로 그를 몰아붙이는 회사도, 사택을 빼곡하게 둘러싸고 그와 동료들을 가둬두다시피 하는 주민도 없었다. 대치와 중재, 진심과 설득 따위의 실체 없는 말들로 묘사되는 이곳의 상황은 아주 먼 곳의 일처럼 여겨졌고 그로선 아무런 감정도 느낄 수 없었다.

작업 지시는 비가 오는 어느 오후에 기습적으로 떨어졌다.

야적장에 쌓아둔 철근과 자재를 비닐로 감싸고 단단히 결박하는 일이었다. 그와 동료들은 안전모와 작업복을 갖춰 입고 뒷문으로 사택을 빠져나왔다. 순찰차를 타고 산 아래까지 이동할 계획이었다. 그러나 곧 사람들이 왔다. 야유와 고성이 따라붙었고 순식간에 길이 막혔다. 경찰들이 다시금 길을 확보할 때까지 긴 시간이 걸렸다. 요동치는 인파 탓에 통행로는 좁아졌다가 넓어지며 구불구불 스스로 움직였다. 그와 동료들은 걷고 뛰고 몇 번이고 미끄러질 뻔하면서 산 아래까지 이동했다.

그곳에서 본사에서 파견한 직원들이 합류했다.

작업 차량은 저희가 올려놨어요. 가서 자재만 포장하시면 됩니다. 컨테이너 들어오는 부지 아시죠?

직원 하나가 오늘 해야 할 일을 구체적으로 설명했다. 주변 소음을 이기려고 질문을 할 때마다 목소리를 계속 키워야 했으므로 본격적으로 산을 오르기도 전에 그의 목은 쉬어버렸다. 젖은 흙길이 미끄러웠다. 3번이 몇 번이고 중심을 잃을 뻔했다. 그는 짚고 걸을 만한 나뭇가지 하나를 꺾어 주고 3번의 작업 가방을 빼앗다시피 한 뒤 어깨에 멨다.

산기슭에 주차된 작업 차량은 모두 세 대였다.

그곳에 먼저 온 주민들이 있었다. 그들은 포클레인과 불도저, 지게차를 점거하고 있었다. 타이어에 고정한 체인을 자신의 목에 감고, 차량 위에 올라가 드러누운 사람들도 있었다. 차량과 차량 사이 좁은 틈까지 사람들이 위태롭게 자리를 잡고 있었다.

나오세요. 차 안에 계신 분들 나오세요. 경고합니다. 나오세요.

경찰이 확성기로 거듭 말하고 있었지만 반응하는 사람

은 없었다. 겨우 그런 말 몇 마디로 그 사람들이 순순히 나올 거라고 여기는 게 오히려 더 놀라울 지경이었다.

사람들은 더 왔다.

주민보다 주민 아닌 사람들이 더 많았다. 대기하라는 지시가 떨어졌으므로 그와 동료들은 멀찌감치 물러났다. 그는 회사에서 제공한 간식을 먹고 잡담을 하며 내내 산 아래를 내려다보고 있었다. 그러는 동안에도 사람들은 더 왔다. 나중엔 좁은 산길이 이리저리 움직이는 까만 머리통으로 빼곡할 정도였다. 마이크를 잡고 준비한 말들을 읽어 내려가는 사람들의 목소리가 경찰의 경고 방송과 뒤섞였다. 스피커의 잡음이 끼어들었고 무전기 소리가 들리다가 말다가 했다.

대치는 밤까지 이어졌다.

대형 서치라이트를 켜자 사방이 대낮처럼 환했다. 산 위에서 축축하고 서늘한 바람이 내려왔다. 대학생으로 보이는 사람 서너 명이 가장 먼저 돌아갔다. 식사를 제때 챙기지 못한 사람들이 내려갔고, 탈수 증상을 보이는 사람들이 자리를 떴다. 한동안은 누군가 한 움큼씩 사람들을 솎아내는 것처럼 수가 줄었다. 카메라와 촬영장비를 챙긴 기자들마저 철수하고 나자 주변은 눈에 띄게 고요해졌다.

즉시 해산하세요. 경고합니다. 해산하세요. 1분 뒤에 행정대집행 실시합니다.

경찰은 자정이 지나서야 경고 방송을 재개했다.

인원이 줄어들고 기세가 꺾일 때까지 기다린 게 틀림없었다. 그리고 누군가 호루라기를 불었다. 그것이 신호였다. 경찰들이 차 밑으로 뛰어들었다. 절단기로 쇠사슬을 끊고 사람들을 끌어내기 시작했다. 끌려 나가지 않으려는 사람들과 끌어내려는 경찰들의 목소리가 뒤섞이고, 뭔가가 박살 나고 부서지는 소리가 들렸다. 한참 만에야 직원들에게 지시가 떨어졌다. 그는 다른 팀원들과 작업 차량 뒤편에 있는 야적장으로 질주하듯 뛰어갔고 장비와 자재를 비닐로 감싸고 그 일대에 다시금 넓게 펜스를 쳤다.

그날 밤 주민 대부분이 공무집행방해로 연행됐다는 소식은 나중에 들었다.

다음 날 아침 낑낑거리는 소리에 나가보니 3번이 쪼그리고 앉아 마루 아래를 들여다보고 있었다. 얇은 방수포로 감싸놓은 건 개였다. 진흙이 말라붙은 털은 지저분했고 입가와 네발도 새까맸다. 다가가려고 하자 개가 송곳니를 드러내며 으르렁거렸다.

아, 아침에 시, 시끄러워서 나, 나가봤더니 도랑에 빠져

있더라고요. 저, 저기 노, 농수로 있잖아요. 거, 거기 바로 앞에요.

3번이 마루 밑으로 손을 뻗으며 중얼거렸다.

개는 몇 번이고 몸을 일으키려고 하다가 이내 포기한 듯 바닥에 엎드려버렸다. 뒷다리에 힘이 실리지 않는 모양 이었다. 무작정 개를 데리고 오면 어쩌느냐는 말을 그는 잠자코 삼켰다. 뭔가 말할 기운도 없었다. 입을 열면 뜨거 운 숨이 새어 나왔고 목구멍이 따끔거렸다. 그는 물 한 잔 을 마신 뒤 방으로 돌아와 이불을 뒤집어쓰고 누웠다. 온몸 이 두들겨 맞은 듯 욱신거렸다. 그는 기절하듯 잠에 빠졌고 자는 내내 앓는 소리를 냈다. 스스로 내뱉은 잠꼬대에 놀라 깨어났고 그만 일어나야지 했지만 번번이 곤두박질치듯 잠 속으로 다시금 굴러떨어졌다. 겨우 정신을 차리고 밖으로 나왔을 땐 한밤중이었다. 집 안엔 아무도 없었다. 그는 반사 적으로 담 너머 뒷산을 올려다보았고 라이트가 환하게 켜 진 산 중턱을 멍하니 내다보았다.

다시금 모두 그곳으로 간 모양이었다. 그리고 부엌 쪽 으로 발길을 돌리려다가 소스라치게 놀랐다. 마루 위로 올 라온 개가 낑낑거리며 그를 올려다보고 있었다.

#

마을은 작았다.

젊은 사람들이 도시로 떠난 뒤 활기와 생기를 잃고 모
든 게 그 상태로 정지된 듯 보였다. 마루에 서면 마을이 한
눈에 내다보였다. 약간씩 수리와 보수를 거친 듯한 집들은
비슷비슷한 구조와 높이를 가진 채 오밀조밀 동네를 형성
하고 있었다. 긴 세월을 견뎌온 흔적들이 동네 전체를 감
싸듯 덮고 있었으므로 멀리서 보면 그들이 사는 집도, 그
집들이 이룬 마을도 주인을 닮아 천천히 늙어가는 모습이
었다.

그리고 며칠 후 덤프트럭과 레미콘 차량이 마을을 출입
하기 시작했다.

이제 어느 때고 트럭들이 시커먼 먼지를 뿜으며 좁은
길을 내달리는 모습을 볼 수 있었다. 이로써 이 싸움의 패
색이 짙어지고 있었지만 주민들은 물러서지 않았다. 철탑
하나가 세워지면 체념하고 포기하는 대신 그다음 세워질
또 다른 철탑 쪽으로 적의의 방향을 돌렸다. 열 개 중의 하
나, 백 개 중의 하나, 천 개 중의 하나라도 막는 데에 사활을
건 것 같았다.

어느 오후에 그는 개를 끌고 사택을 나섰다.

주, 주인 찾아주시게요?

수돗가에 쪼그리고 앉아 작업화를 씻던 3번이 돌아보았다. 그는 건성으로 고개를 끄덕이고 사택을 나왔다. 오늘은 어떻게든 이 문제를 해결할 생각이었다. 개는 절뚝거리며 그를 뒤따라오다가 고꾸라지길 반복했다. 그는 개를 안아 들었다. 몸부림을 치며 그의 손을 빠져나가려던 개는 고개를 늘어뜨린 채 그에게 안겼다.

주인이 아니세요?

이틀 전 저녁, 차를 몰고 읍내 동물병원을 찾은 그에게 의사는 그렇게 물었다. 그가 그 개에 관해 아는 바가 전혀 없어서였다. 그는 개를 발견한 경위와 사정 따위를 간략하게 설명했다.

아이고, 많이 아팠겠구나. 보이세요? 여기 약간 금이 갔어요. 하얗게 된 부분 보이시죠? 골절이에요. 그래도 여기 곪은 건 거의 다 나았네요. 귀도 깨끗하고요.

엑스레이 사진을 확인한 뒤에도 그는 잠자코 의사의 말을 듣기만 했다. 동물이라면 그가 아주 어렸을 때 집에서 키우던 소 두 마리와 오래전 아들이 주워 온 새끼 고양이를 하룻밤 돌본 게 전부였다. 말 못하는 짐승들과 어떤 교감이란 걸 해본 적도 없고 어떻게 다루어야 하는지도 알지 못했다.

여기 좀 맡길 수 없습니까?

젊은 의사는 마우스를 딸깍거리며 한참 동안 말이 없었다. 그런 다음 끙끙거리는 개를 내려다보더니 목소리를 낮추었다.

여긴 병원이라서 따로 보호는 안 돼요. 사실 이런 성견들은 입양이 어렵기도 하고요. 데려가는 사람이 없으면 안락사를 시켜야 하는데 가엾잖아요. 치료비 조금 빼드릴게요. 그냥 키우시면 어떠세요? 오늘 깁스해야 하니까 그거 풀 때까지만이라도요. 어디 이 근처에 사세요? 요즘엔 귀농하시는 분들이 많으시더라고요.

그는 자신이 이곳 사람이 아니라고 말했다. 그러나 이대로라면 이곳에 얼마나 더 머물게 될지 알 수 없었다. 1년, 2년. 그렇다면 그게 주민이 아니고 뭔가 하는 생각이 들었다. 의사는 스마트폰으로 사진 몇 장을 찍은 다음 유기견 보호센터에 글을 올려보겠다고 했다. 그는 수긍하듯 고개를 끄덕이고 끙끙거리는 개를 쓰다듬어준 다음 병원을 나설 채비를 했다. 이발소에 잠시 들렀다 오겠다고 했지만 여전히 마음을 정하지 못한 상태였다.

그럼 치료하는 김에 접종도 같이 할게요. 그냥 가시면

안 돼요. 꼭 오셔야 돼요. 아셨죠?

의사는 그의 전화번호를 확인하고 자동차 번호판까지 살펴본 뒤에야 그를 놓아주었다.

그는 시장에 들러 두꺼운 절연장갑과 절연화 두 켤레를 샀다. 그러는 동안 준오에게 전화를 걸었고 한참 만에 통화가 되었다. 웅웅거리는 음악 소리가 멀어지는가 싶더니 딸랑거리는 방울 소리가 났고 주변이 고요해졌다.

어디니? 시끄럽네.

독서실에. 애들이랑 편의점에 왔어.

저녁은?

먹었지.

아들은 묻는 말에만 짤막하게 대꾸했다. 그는 공부를 소홀히 하지 말라는 말과 밥을 잘 챙겨 먹으라는 말, 감기 조심하라는 말을 띄엄띄엄 했다. 그러고 나자 더 할 말이 없었다.

그래, 무슨 일 있으면 전화하고.

그가 말을 다 마치지도 못했는데 준오는 전화를 끊어버렸다. 그렇게 짧은 통화가 끝이 났다. 그는 파장 무렵의 썰렁한 시장 골목을 기웃거리다가 국수 한 그릇을 사 먹었다. 밑반찬 서너 가지를 샀고 편하게 신을 슬리퍼 두 켤레를 샀다. 그런 다음 결심한 듯 병원에 들러 개를 안고 나왔다. 갑자기 왜 마음이 바뀐 건지 그로서도 알 길이 없었다.

사흘간 그는 그 개가 누구네 개인지를 수소문하고 다녔다. 개가 제대로 걷지 못했기 때문에 누구에게든 사진을 보여줄 생각이었다. 그러나 그가 나타나면 사람들은 날을 세우고 어떤 말도 들으려 하지 않았다. 종일 마을을 헤집고 다니는 트럭과 장비 차량들이 사람들을 점점 더 곤두서게 만드는 탓인지도 몰랐다.

오늘은 네 주인을 꼭 찾아보자.

그는 깁스한 개의 한쪽 발을 잘 감싼 채 개를 야무지게 다시 안아 들었다.

오늘은 어떻게든 주인을 찾아줄 생각이었다. 덤프트럭이 굉음을 내며 지날 때마다 그는 길 끝으로 내려섰고 나중엔 아예 논둑 쪽으로 내려서서 걸었다. 고개를 들면 산 중턱에 우뚝 솟은 철탑이 보였다. 철탑 상부가 도착하고 크레인으로 고정 작업을 완료하면 그와 동료들이 탑에 올라 송신기와 안테나를 설치하고, 접지선과 점멸등을 손볼 수 있을 거였다. 주변을 철제 펜스로 둘러싸고, 진입로 여기저기 반사경을 세우면 이곳의 일도 거의 마무리될 거였다.

손안에서 개의 둥근 배가 따뜻하게 부풀었다가 가라앉

왔다.

그는 비닐하우스가 내다보이는 곳까지 갔다. 높이 쌓인 종이 상자 옆에 둘러앉은 사람들의 목소리가 그가 서 있는 곳까지 들렸다. 사방은 여전히 푸른빛이었지만 농사를 전혀 모르는 그의 눈에도 수확이 바로 코앞에 다가왔음을 느낄 수 있었다. 사람들은 뭔가를 먹고 마시며 이야기에 열중해 있었다. 하얗게 연기가 피어오르고 먹음직스러운 냄새가 그가 서 있는 곳까지 번져왔다.

그는 잠시 형을 떠올렸다. 지금쯤이면 형과 형수도 과수원 일로 바쁠 거였다. 그래서 매년 이맘때면 그와 해선이 과수원으로 가서 일을 거들었다. 마당 한쪽에 숯불을 피우고 다 같이 둘러앉아 고기를 구워 먹고 특별할 것 없는 서로의 안부를 물으며 저녁 시간을 보내기도 했다. 그러나 이제 그런 일은 가능할 것 같지 않았다. 지난가을 이후 형에게선 연락이 없었다. 그의 어머니 역시 마찬가지였다. 상현도, 한수도, 종규의 아내도, 조카 상호와 장인 내외에게조차도. 그는 조금도 마음을 쓰지 못하고 있었다. 여유가 없다는 핑계로 너무나 많은 사람들을 보이지 않는 쪽으로 밀어낸 것이 아닌가 하는 자책이 들었다.

자, 얼른 너희 집을 찾자. 어디 보자. 어디로 가야 하나.

그는 떠오르는 생각들을 물리치듯 혼잣말을 했다. 그러면서 비닐하우스를 지나쳐 반대편 좁은 길로 접어들었다. 커다란 나무에 불그스름한 열매들이 달려 있었다. 감이었다. 그는 손을 뻗어 이파리 하나를 떼어낸 다음 개의 코를 간질였다.

솔이다! 솔이야, 솔이야!

누가 온 것은 한참 만에 알았다. 그의 품을 빠져나가려고 개가 요동칠 즈음에서야 그는 멀찍이 서 있는 아이 둘을 돌아봤다. 남자애는 큰 덩치에 비해 겁이 많아 보였다. 다가온 것은 체구가 작은 여자애였다. 아이는 성큼성큼 걸어와 손을 뻗고 개를 쓰다듬었다. 두 손으로 개의 귀를 감싸고 무슨 말인가를 속삭이기도 했다.

솔이 다쳤어요? 이거 깁스예요?

두꺼운 안경 렌즈 탓에 여자애의 눈은 조그마해 보였다.

그래. 다리에 살짝 금이 가서 해놓은 거야. 아는 개니?

저쪽에서 남자애가 여자애를 불렀다. 거의 소리를 지르다시피 하면서도 이쪽으로 올 엄두는 내지 못했다. 여자애가 기다리라고 손짓하자 남자애는 금방이라도 울음이 터질 것처럼 씩씩거렸다.

야! 너, 엄마한테 이른다. 빨리 와! 빨리, 빨리!

여자애는 두 손을 모으고 또 무슨 말인가를 개에게 소
곤거리다가 그에게 말했다.

쟤는 저보다 두 살이나 많은데도 맨날 저래요. 우리 오
빠예요.

새침하게 한숨을 쉰 아이가 제 오빠에게 알았다고 소리
를 지르고는 고개를 쳐들었다.

근데 아저씨 누구예요? 얘는 감지 할머니 강아진데요.
개가 아니고요! 저보다 두 살이나 어려요. 아기라고요.

그 집이 어디니?

아이는 개를 만지작거리던 손을 들어 한 곳을 가리켰
다. 그가 푸른 슬레이트 지붕 쪽을 바라보자 아이가 작은
손바닥으로 그의 팔을 톡톡 건드렸다.

거기가 아니고요. 저기요. 저 전봇대 옆이에요.

아이가 가리킨 건 전봇대가 아니고 그보다 작은 통신주
였다. 그때 멀찍이 있던 남자애가 울음을 터트렸다. 창피했
는지 제 동생에게 고함을 치고는 도망치듯 뛰어가는 게 보
였다.

같이 가, 같이 가자고!

제 오빠를 뒤쫓아가며 소리치는 여자애의 모습은 조그
마해지더니 이내 보이지 않게 되었다.

아마도 동네에 단 하나뿐인 젊은 부부의 아이들일 거라고 그는 짐작했다. 나이 든 다른 주민들을 챙기고 시위와 농성을 주도하고 매번 새로운 일을 벌이고 실행하는 데에 그 젊은 사람들의 역할이 크다는 이야기를 들은 적이 있었다. 현장에서 마주친 적도 여러 번이었다. 그러고 보니 여자애는 늘 커다란 밀짚모자를 쓰고 다니는 제 엄마와 퍽 닮아 있었다. 조그마한 체구지만 언제, 어디서든 누구에게든 제 할 말을 똑 부러지게 하는 것도 비슷했다. 그는 그런 쓸데없는 생각을 하며 그 주변을 오래 서성거렸다. 누구든 지나가는 사람이 있으면 그 개를 부탁하고 돌아설 생각이었지만 한참이 지나도록 누구도 보이지 않았다.

#

대문이 환하게 열린 집에는 아무도 없었다.

그는 평상 위에 개를 내려놓고 집을 나서려다가 다시 돌아와 평상 끄트머리에 걸터앉았다. 어쨌든 개의 상태는 설명을 해줘야 할 것 같아서였다.

개집은 평상 아래 있었다.

그는 낡은 판자를 덧대어 만든 개집과 플라스틱 통에

담긴 말간 물을 물끄러미 내려다보았다. 처마가 있는 창고 앞에 빨간 고추가 널려 있고 그 뒤로 잡다한 농기구와 살림 살이들이 쌓여 있었다. 그의 시선은 목이 긴 고무장화와 털 이 달린 작업화로 옮겨갔고 한 아름씩 묶인 깻단 더미와 수 돗가에 쌓여 있는 빨랫감에 가 닿았다.

조용해서 적막하기까지 한 그곳에서 그는 이런 곳에서 의 삶을 잠시 그려보았다. 이곳 사람들의 낮과 밤. 계절에 순응하며 반복되는 그들의 하루를 상상하는 거였다. 감정 도, 표정도, 말도 없는 땅 위에서 바람과 온도, 날씨 같은 것 들을 마주하는 일상. 그러므로 싸우지 않아도 되는 어떤 평 화로운 일과. 그렇지만 그들의 삶 속에도 그가 짐작하지 못 하는 어떤 불화들이 존재할 거였다. 갑자기 한꺼번에 들이 닥치는 어떤 가혹한 것들을 그들도 공평하게 껴안고 있을 거였다.

생각해보면 자신에게도 기회가 없었던 건 아니었다. 다 른 일을 선택할 수 있는 순간들이, 삶을 다른 방향으로 놓 아둘 수 있는 가능성이 있었다. 그러나 그는 번번이 그것들 을 그냥 흘려보냈다. 스스로에게 욕심을 내지 말아야 한다 고 경고하면서 뭔가 새로운 시도를 하려는 자신을 막아서 기만 했다. 어떻게 해도 달라지지 않을 거라는 생각. 그럼에도 아주 작은 것 하나쯤은 바꿀 수 있다는 생각. 두 가지 마음이 들끓는 동안 그는 아무것도 선택하지 못한 채 시간이 흘러가도록 내버려둔 걸지도 몰랐다.

대문 밖으로 덤프트럭이 덜컹거리며 지나갔다. 그때마다 놀란 개가 악을 쓰며 짖어댔다. 그는 개를 진정시키고 균형이 맞지 않는 평상을 이리저리 움직여보았다. 한참 만에 평상이 반듯해졌다. 그는 평상 주변을 서성거리기 시작했다. 제자리에 멍하니 앉아 불필요한 생각에 골몰하고 싶지 않아서였다.

그는 마당을 가로지르는 빨랫줄을 손봤다. 빨랫줄 한가운데를 고정한 기다란 막대의 높이를 조정했고 줄의 양 끝이 수평을 유지하도록 새로운 매듭 자리를 찾아냈다. 팽팽하게 당겨진 빨랫줄은 약간 높아진 듯했지만 안정감이 있었다.

뭐요? 누구요?

한참 만에 인기척이 났다. 늙은 여자였다. 무엇보다 목이 쉰 듯 거친 목소리가 낯이 익었다. 현장에서 경찰들과 겁 없이 몸싸움을 벌이고 욕을 쏟아내던 노인이었다. 고요한 마당에서 마주한 노인의 체구는 아주 작았다. 굽은 허리 탓에 더 그렇게 보이는지도 몰랐다. 그가 상황을 설명하려 입을 열었을 때 노인이 개를 내려다보며 놀란 목소리를 냈다.

아이고. 솔아, 솔이구나. 이건 뭐야, 얘가 왜 이래. 이 발이 이게 뭐야.

평상 쪽으로 다가온 노인은 깁스를 한 개의 발을 이리저리 만져보며 혀를 찼다. 개는 꼬리를 흔들고 기를 쓰고 몸을 일으키려고 했다. 그는 서둘러 전후 사정을 더듬거렸다. 농수로에서 다친 개를 발견했고, 병원에 데려갔고, 한 달이 지나면 깁스를 풀 수 있을 거라고. 그동안은 뛰거나 떨어지지 않게 잘 살펴야 한다는 이야기까지 하고 나자 더는 할 말이 없었다.

그렇게 찾아도 없더니만 네가 발이 아파서 집에를 못 왔구나, 세상에. 요즘은 개들한테도 이렇게 치료를 해주네. 세상 좋다. 옛날에는 그런 게 어디 있어. 개새끼 아프다 하면 골골거리다 뒤지겠거니 했지. 개들 병원도 있고 천지가 개벽할 일이네. 안 그러냐. 응?

노인은 개를 쓰다듬으며 그와 눈을 맞췄다. 놀랍게도 노인의 얼굴에 미소가 떠올라 있었다. 그는 고개를 까딱하고 돌아섰다. 그대로 나올 생각이었다.

아니, 잠시 거기 있어봐. 글쎄, 거기 있어봐요. 그건 그

거고 이건 이거지. 죽을 뻔한 솔이를 살려줬는데 그냥 보낼
수 있나. 잠깐이면 돼.

노인은 집 안으로 들어가 작은 상자 하나를 들고 나왔
다. 흙이 묻은 상자 안에 옥수수와 고구마, 감과 사과 같은
것들이 담겨 있었다.

맛이 있을라나 모르겠네. 모양은 저래도 다 밭에서 가
져온 거라 좋은 것들이오.

아닙니다. 됐습니다. 괜찮습니다.

그는 손사래를 치며 주춤주춤 물러났다. 때마침 트럭이
지나갔고 그와 노인의 말소리가 동시에 지워져버렸다. 그
리고 노인이 결심한 듯 상자를 평상에 내려놓았다. 노인의
마음속에서 갑자기 어떤 변화가 일어난 것 같았다.

아무래도 내 이건 물어야겠네. 저 트럭이 오고부터 내
가 천불이 나서 소화도 안 되고 밤엔 잠을 못 자요. 그래, 회
사에서 또 뭘 하라고 시키던가? 다음엔 또 무슨 일을 하라
고 했는지 한번 들어나 봅시다.

노인이 그의 가슴팍을 가리켰다. 자신이 작업 조끼를
입고 있다는 걸 그는 그제야 알아차렸다. 여러 개의 주머니
가 달린 남색 조끼 위에 노랗게 회사 이름과 로고가 박혀
있었다.

다리 다친 개도 살필 줄 아는 양반이 이 마을 노인네들 괴롭다는 생각은 한 번도 안 해봤는가?

그가 말이 없자 노인은 다시 기다리라고 이르고는 집 안으로 들어가버렸다.

노인이 들고나온 것은 손바닥처럼 작은 주머니였다.

돈이 얼마나 들었소? 병원비 말이오.

그는 신경 쓰지 않아도 된다는 말을 했다. 진심이었다. 의사가 병원비를 거의 받지 않은 데다 예방접종비도 만 원이 넘지 않았다. 그는 어차피 시장에 들르는 길이었다고 말했고 서둘러 그곳을 나오려고 했다.

아니야. 아니야. 확실히 해야지.

노인은 스스로에게 다짐을 두듯 그 말을 여러 번 중얼거린 뒤 그를 따라 집 밖까지 나왔다. 그런 후엔 그의 조끼 주머니에 지폐 몇 장을 욱여넣다시피 했다. 그러고는 그가 보는 앞에서 대문을 닫아버렸다. 그는 대문이 완전히 닫히는 것을 확인한 뒤에야 돌아섰다. 주머니에서 만 원짜리 다섯 장이 나왔다. 사택으로 걸어오는 동안 그의 기분은 계속 가라앉고 더 가라앉았다. 무엇이 이토록 자신의 기분을 상하게 하는지 알 수 없었다.

그리고 사택 앞에 이르렀을 때에야 그것의 정체가 불쾌

함이라는 것을 깨달았다. 노인이 자신이 베푼 선의와 친절에 값어치를 매기고 그것을 이렇게 확실하고 분명한 돈으로 지불한 이유가 무엇인지도 알 것 같았다.

그는 그 돈을 쓰지 않고 내내 지갑에 넣어두었다.

#

작업은 더디게 이어졌다.

가을에 접어들면서 비가 잦아진 탓이었다. 확률이 낮은 소나기 예보에도 일은 중단되기 일쑤였다. 게다가 주민들의 방해는 끈질기게 계속되고 있었다. 그들은 공사장 입구에 진을 치고 버텼고 아무에게나 시비를 걸고 폭행 운운하며 경찰을 불러들였다. 그러면 절차상 간단하게라도 조사를 받을 수밖에 없었다. 그런 식으로 시간은 소모적이고 불필요한 일에 끊임없이 낭비되었다.

그리고 10월이 시작되기 전에 본사에서 직원이 내려왔다. 자신과 아무런 일면식이 없는 직원이 차에서 내리는 모습을 보는 순간 좋지 않은 일이 일어날 것임을 직감할 수 있었다. 그의 예감은 정확하게 들어맞았다.

인력이 지금처럼 많이 필요하지는 않다는 판단을 내렸

습니다.

그와 동료들이 서류를 찬찬히 훑어보고 있을 때 직원이 입을 열었다. 도대체 누가 그런 판단을 했느냐고 물으면 직원은 조금의 망설임도 없이 회사라고 답할 거였다. 위에서 시킨 일이고 자신에게는 아무 권한이 없다는 말을 매뉴얼처럼 반복할 거였다.

그는 서류에 찍힌 회사 직인을 내려다보며 말을 아꼈다.

오랫동안 그에게 회사는 시간을 나눠 가지고 추억과 기억을 공유한 분명한 어떤 실체에 가까웠다. 그의 하루이자 일상이었고 삶이라고 불러도 좋았다. 친구이자 동료였고 가족이었으며 또 다른 자신이라고 해도 틀린 말이 아니었다.

자신의 일부이자 전부였던 것.

그는 잠에서 깨어나듯 가볍게 머리를 흔들었다. 순진하고 어리석었다는 생각이 들었고 지금 이 순간까지도 그런 생각을 완전히 버리지 못하는 스스로가 한심했다. 그의 생각은 스스로를 여기까지 밀어붙인 게 바로 자신이라는 결론에까지 이르러 있었다.

지금도 힘들어 죽겠는데 사람을 더 줄여요? 그럼 저 장비는 누가 매일 실어다 옮겨요? 셋이서도 겨우겨우 하는데 사람이 더 줄면 다 골병들어서 죽지. 누가 일을 해요. 안 됩니다.

7번이 사정하듯 말했다.

누굴 자, 자른다는 거, 거예요? 누, 누구를요? 야, 약속했잖아요. 여, 여기 일 마, 마무리되면 지, 집 근처로 보, 보내준다고요. 송 과장님이 마, 말했어요. 그, 그죠? 드, 들으셨죠?

3번이 직원과 그의 눈을 번갈아 보며 물었다.

아시겠지만 지금 현장에서 진행되는 게 거의 없지 않습니까? 아직 두 기도 제대로 안 올라갔잖아요. 일곱 기 설치 끝내고 송수신기 작업까지 마친 곳도 있습니다. 여기, 여기, 여기도 지난주에 마무리했어요. 남은 곳은 이제 여기하고, 여기, 세 군데밖에 안 됩니다.

직원은 구역별 작업 현황이 정리된 서류를 꺼냈다. 작업이 마무리된 곳은 파란색, 작업 중인 곳은 빨간색으로 표시되어 있었다. 직원은 서류 몇 장을 더 꺼냈다. 공사 예상 기간과 비용 같은 것들이 세부 항목으로 나뉘어 있었다. 숫자는 너무 작아서 보이지 않았고 영어로 적힌 전문용어들도 이해하기 어려웠다. 다만 형광색으로 표시된 것이 78구역이라는 것은 단번에 알 수 있었다.

직원은 곤혹스러운 표정으로 내내 서류를 내려다보고 있다가 작정한 듯 입을 열었다. 자신은 일개 직원에 지나지 않으며, 구체적으로 아는 바가 없고, 회사의 지시대로 움직일 뿐이라는, 그러니까 그가 수없이 반복해서 들어온 말이었다.

회사에서 정한 최종 시한이 10월 10일입니다. 그때까지 일이 마무리되면 인원을 줄이고 말고 할 필요도 없겠죠. 최대한 빨리 마무리될 수 있게 애써주십시오.

직원은 그렇게 말하고 자리에서 일어났다.

그는 계속 침묵을 지키고 있었다. 감정에 휩싸인 채 불필요한 말들을 쏟아내며 직원을 자극하고 싶지 않아서였다. 직원이 차에 올라 막 시동을 걸었을 때에야 그는 운전석으로 다가가서 물었다.

결정이 된 겁니까?

아마 그렇게 될 것 같습니다.

10일까지 마무리가 되면요?

그렇게 되면 제일 좋죠. 그러면 세 분 다 걱정하실 일이 없을 겁니다.

그것이 통보가 아니고 어떤 경고나 충고일지도 모른다는 생각은 나중에 들었다. 어떻게 하겠다가 아니라 어떻게 하기 전에 스스로 이곳에 남을 자격을 증명하라는 요구라는 확신이 들었다.

그 밤에 그는 모든 의심하는 일을 그만두기로 했다. 회사에 대한 불신, 미래에 대한 불안, 시시때때로 자신을 짓누르는 걱정과 두려움을 떠안고 시간을 허비하고 싶은 마음은 없었다. 그는 뭐든 믿어야 했고 믿고 싶었다. 그래야만 무엇이든 할 수 있었다. 회사를 믿지 않고 할 수 있는 일이 그에게는 더 이상 남아 있지 않았다.

그리고 며칠 뒤 밤에 주민 하나가 중환자실로 이송된 사건이 있었다. 기도가 막혀 산소가 공급되지 못한 몇 분간 의식을 완전히 잃었다는 이야기를 그는 대치 상황이 끝난 뒤에 들었다.

그날은 크레인 차량이 들어오기로 한 날이었고 주민들의 대규모 집회가 예고되어 있었다. 아침부터 주민들이 기자들과 시민단체 사람들을 대동하고 작업장 입구를 가로막았다. 마을 입구에 진을 친 주민들은 대오를 짜고 길바닥에 자리를 잡았다. 대형 크레인 두 대와 작업용 트럭 몇 대가 시동을 걸고 몇 차례 진입을 시도했지만 번번이 실패로 끝났다. 본사 직원들이 왔고 공무원들이 왔고 시의원이라는 사람들이 다녀가는 동안에도 상황은 바뀌지 않았다.

그는 다른 사람들처럼 날이 저무는 것을 지켜볼 수밖에 없었다. 결국 한밤에 그가 작업용 트럭에 올라 시동을 걸고 가속페달을 밟았다. 가볍게 경고 정도를 할 생각이었지만 전조등이 켜지고 환한 불빛 아래 난장판 같은 현장의 모습이 드러나자 참을 수 없는 기분이 들었다.

트럭 뒤에 사람들이 매달려 있는 걸 몰랐습니까?

그날 읍내 지구대로 연행된 그에게 경찰이 물었다.

몰랐습니다.

이런 식의 참고인 조사가 처음도 아니었다. 경찰은 책상을 가볍게 두드린 뒤 그와 눈을 맞추고 목소리를 낮추었다.

선생님, 정말 모르셨어요?

정말 몰랐습니다.

입안이 따끔거렸다. 여기저기 돋아난 헛바늘 때문이었다. 입이 마르고 또다시 구취가 올라오는 것 같았다. 그는 목이 마르다는 핑계를 대고 잠시 자리를 비웠다. 차가운 물을 들이켜자 가볍게 오한이 일었다. 중환자실에 입원한 사람은 이장이었다고 했다가 기자라고 했다가 집회에 참여한 대학생이라고 했다가 오락가락했다. 그로선 그게 누구든 아무 상관이 없었다.

현장에 몇 시부터 계셨습니까?

아침 9시 전에 도착했을 겁니다.

그럼 열두 시간 이상 거기 계셨던 거네요. 주민들이 로프로 차량과 몸을 연결한 걸 보셨을 텐데요. 못 보셨어요?

못 봤습니다.

그날 작업 내용이 뭐였습니까?

크레인으로 통신탑 상부를 올리기로 되어 있었습니다.

선생님이 맡은 역할은 뭐였지요?

우리 조가 크레인과 탑 상부를 현장까지 운반하기로 했습니다.

트럭 운전자는 따로 있잖아요. 트럭을 왜 몰았어요?

작업을 해야 하니까요.

그게 작업은 아니잖습니까.

계속 기다릴 순 없지 않습니까.

본사의 지시가 있었습니까?

아닙니다. 전 거기 속한 직원이 아닙니다.

본사 소속이 아니세요?

아닙니다.

그럼 왜 그러신 거예요?

경찰은 몇 가지 질문을 더 했다. 그때마다 그는 모른다거나 아니라는 대답을 반복했다. 반은 맞고 반은 틀린 이야기였다.

과실이라고 해서 잘못이 없는 건 아닙니다.

조사가 마무리되고 그가 자리에서 일어났을 때 경찰은 그렇게 말했고 그는 대답하지 않았다.

그 일은 크게 보도되었다.

통신탑 건설을 둘러싼 기업과 주민의 갈등.

대부분의 기사는 그런 틀 안에서 그날의 일을 짤막하게 간추려놓은 것에 불과했다. 며칠간 이런저런 연락에 시달리고 나서야 그는 자신을 포함한 직원 서너 명의 개인 정보가 유출된 것을 알았다. 해선의 전화를 시작으로 한수와 상현, PIP 교육센터에서 만났던 동료 서넛이 안부를 물어왔다. 그는 이곳에선 흔히 있는 일이라며 그들을 안심시켰다. 그러자 언제 어디서든 일어나는 흔해빠진 일처럼 여겨졌고 대수롭지 않게 느껴졌다.

그 일은 용역업체 직원의 단순 과실로 처리되었다.

트럭에 등산용 로프를 설치하고, 그 로프에 매달려서 통행을 막은 주민들에게는 벌금이 부과되었다. 의식을 잃고 중환자실로 옮겨진 그 사람에게도 마찬가지였다. 어쨌든 기업의 사유재산을 무단으로 점유했다는 경찰의 판단 때문이었다.

회사는 주민들의 벌금 일부를 감면해주는 것으로 도의적인 책임을 졌다. 그 일로 부상을 당한 7번에게도 정확히 그만큼의 배려를 했다. 그날 7번은 주민들이 묶어놓은 로프를 풀려고 트럭 뒤편에 서 있다가 사람들과 함께 휩쓸렸다고 했다. 그로서는 7번이 어떤 자세로 얼마나 흙길을 끌려왔는지 알 수 없었다.

7번은 오른쪽 어깨뼈가 부서졌다는 진단을 받았다. 신경이 손상되었기 때문에 철심을 박고 서너 차례 수술을 한다 해도 완전히 회복되기는 어려울 거라는 검사 결과를 그는 7번이 사택을 떠난 후에 전해 들었다.

7번이 사택을 떠나던 날 아침. 그의 아내와 남동생이라는 사람이 사택으로 왔다. 그는 그들 두 사람이 트렁크에 짐을 싣고 7번을 부축해 차에 태우는 모습을 멀리서 지켜보았다. 7번은 창밖으로 고개를 빼고 3번과 나지막한 목소리로 이야기를 나누었다. 잠시 그가 있는 쪽으로 눈길을 주는가 싶었는데 이내 창이 닫히고 차가 마당을 빠져나갔다.

사, 사람들이 자기가 뭘, 뭘 하는지도 모르고 하, 한 대요. 다 미, 미친놈들이라고요. 여, 여기 더 있으면 저, 저도 정신병 걸린다고 그, 그만두라고 하, 하던데요?

7번을 태운 차가 마당을 빠져나가고 시야에서 완전히

보이지 않게 되었을 때에야 3번이 그렇게 말했다.

그는 말없이 수돗가에 서서 마당에 물을 뿌리고 7번이 쓰던 방을 청소했다. 이불을 털고 세차를 하고 늦은 아침 식사를 준비하는 동안에도 감정이라 할 만한 건 아무것도 느낄 수 없었다.

그만두고 싶으면 일찌감치 그만둬라. 여러 사람 힘들게 하지 말고.

그는 그의 눈치를 살피는 3번에게 그렇게 말했고, 자신의 소지품과 짐 가방을 7번이 쓰던 방으로 옮겼다.

저, 저 계속 여, 여기 있을 건데요. 어, 어차피 곧 여기 일도 끄, 끝나잖아요. 이, 이제 다 했는데 왜 그, 그만둬요. 아, 악착같이 버, 버텨야죠.

그렇게 대답했던 3번은 그로부터 두 주가 지난 뒤 사택을 떠났다.

중환자실로 실려 갔던 사람이 숨을 거두었다는 소식을 듣고 나서였다. 여든이 넘은 노인이고, 원래 지병을 앓고 있었다는 회사의 설명에도 3번은 죄책감에 시달렸다. 그 노인의 얼굴이 또렷하게 기억난다고 했고, 모든 게 자신의 탓인 것 같다고 했고, 사람 죽이는 일에 동원되고 싶지 않다고 했다가, 결심한 듯 조문을 다녀온 뒤 사흘 만에 짐을 챙겼고 그곳을 떠났다.

그래도 조문은 한번 가보시는 게 낫지 않을까요?

직원의 권고에도 그는 조문을 가지 않았다. 끝내 그 사람의 이름도 묻지 않았다.

공사는 언제쯤 재개됩니까?

그가 한 질문은 그게 다였다.

#

그 후 몇 주는 빠르게 흘렀다.

주민들은 마을 한가운데 분향소를 세웠다. 한동안 많은 사람들이 그곳을 드나들었다. 밤에도 낮에도 지독한 향냄새와 환한 불빛이 그곳에 머물렀다. 그리고 그는 매일 그곳을 지나다녔다. 작업이 없는 날에도 스스로를 단련하듯 사택을 걸어 나와 현장까지 갔다.

분향소를 지키던 눈초리들이 끈질기게 그를 따라왔다. 모욕적이고 불쾌한 말들이 날아오기도 했다. 그중엔 결코 잊히지 않는 말들도 있었다. 그는 침묵으로 응수했다. 뭔가 터져 나올 듯 아슬아슬한 순간들이 없지 않았지만 몇 번 크게 숨을 들이쉬고 내쉬다 보면 모든 게 아무렇지 않아졌다.

침묵은 걷잡을 수 없이 커졌고 자신에게 남아 있는 인간다움이라고 할 만한 것들을 모두 덮어버린 듯했다.

전 더 못 하겠습니다.

사택에 새로 파견된 사람들은 한 달을 버티지 못했다. 처음 며칠간은 의욕적으로 일에 매달리다가도 몇 차례 마을 사람들과 대치를 하며 서로 얼굴을 익히고 말을 섞은 뒤에는 주저하고 머뭇거리는 기색이 역력해졌다.

그럴 거면 뭐 하러 왔어?

그런 기색이 조금이라도 보이면 그는 상대방이 어쩔 줄 모를 정도로 나무라고 비난하고 몰아세우는 짓을 멈추지 않았다. 어떤 사람은 하루 이틀 만에 짐을 챙겨 떠났고, 또 어떤 사람은 보름이 넘도록 버텼다. 한번은 누군가 그에게 물었다.

밖에서 사람들이 뭐라고 하는 줄 아십니까?

그는 그런 것에 마음을 썼다면 이런 곳에 이렇게 오래 남아 있을 수 없었을 거라고 대꾸했다.

무엇도 그의 마음에 이렇다 할 흔적을 남기지 못했다. 그가 느끼기에 중요한 것은 하나도 남지 않은 것 같았다. 다만 언젠가부터 어디까지 얼마나 해내는지 보자는 심정으로 집요하게 자신을 지켜보는 데에 골몰한 사람 같았다. 그

건 그가 스스로 선택한 것이었다. 그렇게 생각하면 비로소 일할 준비를 마친 기분이 들었다.

11월이 끝나갈 무렵에 한수가 그를 찾아왔다.

그 무렵 그는 철저히 혼자였다. 사측과 주민 사이에 충돌이 일어나고 사람이 죽고 주민들이 세운 분향소가 연일 이슈가 되는 중이었다. 선거를 앞두고 군청 관계자들과 정치인 서너 명이 경쟁하듯 분향소를 다녀간 뒤로 작업은 다시금 중단된 상태였다.

야, 너 보러 사택 간다고 했더니 다들 죽일 듯이 노려보더라. 다들 눈 한번 무섭게 뜨네. 도대체 뭐 하고 있냐, 이런 데서.

한수가 트렁크에서 가져온 것들을 꺼내며 중얼거렸다.

두 사람은 한수가 가져온 음식을 가운데 두고 마주 앉았다. 삶은 고기와 채소, 한수의 아내가 챙겨 준 밑반찬들은 먹음직스러웠다. 크고 부드러운 버섯 하나를 베어 물자 깊은 향이 났다.

상현인 일 있어서 못 왔다. 개도 요새 회사에서 찍혔잖아. 다들 어떻게든 찍어내려고 환장해 있다는데 참 큰일이다.

한수는 벗어두었던 점퍼를 다시 걸치며 말했다.

밥은 제대로 챙겨 먹냐. 해선 씨 보면 놀라겠다. 그나저나 여긴 난방이 거의 안 되네. 겨울엔 꽤 춥겠는데 괜찮냐?

한동안 그는 한수가 하는 말을 듣기만 했다. 한수는 얼마 전 상현과 함께 종규 아내를 만났다고 털어놓았다. 화제는 침체된 경기와 가라앉은 부동산 시장으로 옮겨 갔고, 몇 달 전부터 양봉을 배우기 시작했다는 이야기로 이어졌다. 5시가 지나자 날이 저물었고 술기운이 조금씩 올랐다. 그러자 비로소 그에게도 어떤 말을 할 용기가 생겨났다. 그는 이곳의 공기가 얼마나 맑고 깨끗한지에 대해 떠들었다. 여름내 텃밭에서 키운 작물들의 이름을 입에 올렸고, 이런 곳에 집을 짓고 사는 것도 나쁘지 않을 것 같다고 중얼거렸다.

그는 쉬지 않고 아무 말이나 했다. 이곳에서 자신이 하는 일과 그 일을 둘러싼 도저히 일이라고는 할 수 없는 일의 실체를 말하지 않으려고 필사적으로 다른 이야깃거리를 찾아다니는 거였다.

그럼 나중에 이런 데 와서 집 짓고 살아. 누가 철탑 박는다고 하면 나가서 시위도 하고. 너 이제 전문가 다 됐잖냐.

한수는 정확히 그가 원하는 정도의 거리를 유지해주었다. 노골적인 질문을 하지 않았고 충고를 두거나 훈수를 두려 하지도 않았다. 그것이 그를 부끄럽게 만들었다. 자신의 침묵 너머로 한수가 보는 게 무엇인지 너무나 잘 알 것 같아서였다.

한수는 사택에 하룻밤을 머물렀다.

다음 날 아침 두 사람은 냉기가 가시지 않은 마루에 걸터앉아 인스턴트커피를 나눠 마셨다. 커피는 금방 식었다. 뜨거웠던 컵이 어느새 미지근해졌다.

종규 말이야. 장례 치르자마자 가압류 들어왔다더라. 회사가 손배소 낸 거지. 제수씨 전화 와서 울더라고. 겨우 하나 있는 집까지 뺏기게 생겼다면서. 그런데 나라고 뭐 방법이 있냐.

그는 간단히 고개만 까닥했다.

그도 몇 차례 종규 아내의 전화를 받았다. 59억. 회사가 조합원 여덟 명을 상대로 요구한 배상액이 59억이라고 했다. 머릿수대로 나누어도 실감이 나지 않는 액수였다. 그는 고개를 돌렸다. 멀리 산 중턱에 공사 현장임을 알리는 빨간 깃대가 펄럭이는 게 보였다. 지반을 뚫고 철근을 박는 작업이 끝났고 콘크리트 타설 작업도 마무리되는 중이었다. 그러니까 저 세 번째 철탑까지 세워지면 이곳 일도 정리될 거였다. 수돗가 근처를 서성이던 한수가 곁에 와 섰다. 그러나 말을 고르듯 내내 바닥만 내려다보았다. 한수의 등산화가 까닥거리며 흙을 디디는 소리가 이어지다 말았다.

어디 아픈 데는 없지? 몸 잘 챙겨라.

그래. 운전 조심하고.

한수가 체념한 듯 차에 올라 시동을 걸었다. 그리고 창을 내리고 어렵게 한마디를 보탰다.

해선 씨가 몇 번 전화 왔었다. 너 어디 할 만한 일 없냐고. 여기 일 빨리 정리해라. 나이 들어서 이게 뭐냐. 노인네들 상대로. 준오 생각도 해야지. 나중에 애가 알아봐라. 뭐 개가 네 사정 다 알 거 같아? 계속 버티고 있다간 진짜 감당 못 한다. 너 일할 덴 내가 한번 알아볼게.

그래.

그는 고개를 끄덕이고 말았다.

한수가 자신에 대해 무엇을 얼마나 오해하고 있는지 알 것 같았지만 더는 설명할 필요를 느끼지 못했다. 매일 자신이 어떤 심정으로 실체도 없는 회사를 대면하고 있는지. 그런 것을 누군가와 공유할 수 있을 거라고 기대한 적도 없었다. 스스로의 바닥을 확인하고 매일 그것을 갱신해야만 가능해지는 이런 싸움을 누군가에게 이해받을 수 있다고 생각한 적도 없었다.

다만 그는 기다리고 있었다.

자신이 언제까지 이 일을 계속할 수 있는지. 그래서 마침내 닿게 되는 곳이 어디인지. 그 끝에 무엇이 있는지 확인하고 싶었다. 거기까지 이르러야만 이 기이한 집착과 이상한 오기를 모두 버릴 수 있을 것 같았다. 그는 마을을 빠져나가는 한수의 차가 보이지 않을 때까지 마당 입구에 서 있었다.

#

그는 그곳에 1년을 더 머물렀다.

무더위가 시작되면 놀란 듯 지난봄의 달력을 찢어냈고 다시금 뒤늦게 달력을 찢어내면서 가을을 맞았다. 하루는 무섭도록 길었고 어느 날 돌아보면 한 달, 두 달이 순식간에 지났다. 그러는 동안 철탑은 두 개가 세워졌고 한 개가 더 세워졌고 마침내 다섯 개가 되었다.

한밤에는 철탑 꼭대기에서 불빛들이 빨갛게 빛났다. 무심코 고개를 들었다가 그는 홀린 듯 시선을 빼앗기곤 했다. 그러면 자신도 모르게 그것들의 거대한 몸체와 중량이 딛고 있는 것이 무엇인지 상상하게 됐다. 철탑 아래 깔려서 보이지 않게 된 것들이 무엇인지 떠올려보는 거였다. 때때로 그것들은 어둠 속에 몸을 숨긴 사나운 짐승 같았고 잠들지 않고 내내 그를 지켜보는 것 같았다. 귀를 기울이면 낮고 거친 숨소리가 들리고 금방이라도 몸을 일으키고 달려들 것처럼 여겨졌다.

한 뼘씩 두 뼘씩 성큼성큼 자라나서 마침내 스스로 서 있게 된 철탑을 올려다볼 때마다 그의 내부엔 알 수 없는 조바심이 차올랐다. 그건 두려움으로 번졌고 이내 공포심으로 몸집을 키웠다. 자신의 손으로 뭔가를 만들고 완성했다는 자부심 같은 것은 찾아볼 수 없었다. 다만 자신이 만든 것이 저토록 흉물스러운 것이었다는 깨달음과 이곳의 작업이 끝나가고 있다는 불안감이 충돌하며 밤새 그를 깨어 있게 했다.

그것이 그가 만든 것의 실체였다.

분향소가 철거되고 장례를 치르고 난 뒤에도 주민들의 저항은 이어졌다. 그러나 마을 사람들 사이에 의견이 갈리고 주민들 일부가 더는 시위에 나서지 않게 되면서 시위 현장은 이전 같지 않았다. 현장에서 서로의 몸과 체온에 의지하며 끈질기게 버티던 사람들이 편을 갈라 목소리를 높이고 서로 삿대질을 하는 모습을 그도 몇 번 목격한 적이 있었다. 마을회관 앞에 크게 나붙었던 대형 현수막과 동네 진입로를 뒤덮다시피 했던 팻말들도 하나씩 철거되기 시작했다.

　그럼에도 이따금씩 몇몇 주민이 사택 주변에 진을 치고 밤새도록 비난과 원성을 퍼붓는 일은 여전했다. 그는 방문을 잠그고 방 한가운데 누워 그들이 하는 말을 다 들었다. 차에 들어가 가만히 문을 닫고 사람들이 돌아갈 때까지 기다리기도 했다. 어쩔 수 없이 사람들과 대면해야 할 때는 사람들을 거세게 몰아붙이는 분노와 울분, 노여움 따위의 감정들을 조용히 지켜만 보았다.

　도대체 당신 뭐 하는 사람이오? 회사 수족이오? 개요? 당신은 생각할 줄 몰라? 다른 사람 불러와요.

　누군가 다른 사람을 찾으면 그는 낡은 사택의 문을 전부 열어 보였다. 3번과 7번이 사택을 떠난 뒤로 네댓 사람이 오고 갔지만 끝까지 남은 건 그 혼자였다.

　그는 78구역 1조에 속한 유일한 사람이었다.

　매서운 한파가 예고된 어느 아침에 그는 현장에 있었다.

　여섯 번째 철탑 구조물이 도착한 날이었다. 크레인이 거대한 철골을 들어 올려 지반 아래로 끼워 넣는 공사가 진행 중이었다. 구멍 뚫린 지반 안에서 바람이 소용돌이치며 휘파람 소리를 냈다. 아주 맑은 날이었고 구름과 하늘의 대비가 분명했다. 고개를 쳐들면 크레인에 매달린 구조물이 조금씩 느리게 이동하는 게 보였다. 마치 구름 속에서 거대한 그림자를 하나씩 낚아 올리는 것만 같았다. 그는 철근을 묶은 로프를 잡고 무게중심을 바닥으로 끌어 내렸다. 한참 만에 철골이 땅 아래로 밀어 넣어졌고 그 순간 디디고 선 자리가 가볍게 진동했다.

그는 목장갑을 낀 손으로 바닥에 고정된 철제 기둥 네 개를 꼼꼼히 확인했다. 이어 기다란 구조물 위에 또 다른 구조물들을 하나씩 쌓아 올리는 작업이 재개되었다. 이제 사람이 직접 철탑을 기어올라야만 할 수 있는 일들이었다.

그와 파견 직원 두 명이 가장 먼저 철탑을 올랐다.

안전모를 쓰고, 마스크와 고글을 착용하고, 작업화를 신은 다음 필요한 공구들을 벨트에 매달았다. 한 칸씩 오를 때마다 바람은 거세졌다. 숨을 들이쉴 때마다 얼어붙은 공기가 들이쳤다. 콧속이 따갑고 살갗이 찢어질 듯 따끔거렸다. 눈을 감으면 안구에 닿는 눈꺼풀의 차가운 감촉이 그대로 느껴질 정도였다. 그는 허리춤에 걸어두었던 안전 로프를 고정된 구조물에 연결하고 평평한 이음새 부분을 찾아 디딘 뒤 팔뚝만 한 볼트를 끼워 넣기 시작했다. 대형 스패너를 움직여 너트를 죌 때마다 하얗게 입김이 새어 나왔다.

방향을 바꿀 때마다 아래에서 고개를 쳐들고 올려다보

는 사람들의 모습이 조그마하게 내려다보였다. 그가 매일 오가던 좁은 산길을 따라 추위에 웅크린 마을의 모습이 눈에 들어왔고 사택 입구까지 이어진 바리케이드가 보였다. 그게 무엇이든 그가 이곳까지 올라오기 전에는 볼 수 없었던 것이었다.

그는 자세를 낮추고 스패너를 쥔 손에 힘을 줬다. 온몸의 체중을 실어 너트에 건 스패너의 끝을 힘껏 잡아당겼다. 어깨와 허리 근육이 팽팽하게 당겨지고 낯익은 통증이 살아났다. 그러면 자신 안에 아직 그런 힘이 남아 있다는 게 어떤 위안처럼 느껴졌고 자신이 어디에 서서 무엇을 하고 있는지 분명히 알 것 같았다.

그렇게 며칠이 지났다.

78구역 작업. 늦어도 다음 주까지는 6기 설치 마무리하고 이달 안에 현장 철수하겠습니다.

일이 끝난 어느 오후에 현장감독이 남은 일정을 설명했다. 그리고 그날 그는 준오의 연락을 받았다. 저녁 무렵 마당 한쪽에서 잡동사니와 평소에 쓰지 않는 물건들을 한데 모아 트렁크에 싣고 있을 때였다. 누가 언제 두고 갔는지, 용도와 쓸모를 알 수 없는 물건들이 어디선가 끝도 없이 나왔다. 그는 금이 간 안전모와 녹슨 타이어 휠, 망가진 랜턴과 우비,

버려진 배낭 같은 것들을 뒤적거리며 전화를 받았다.

아빠, 나 합격 문자 받았어.

현장 철수 전에 인사 담당자를 만나야 하고 이후 상황에 대한 확답을 들어야 한다는 생각 탓에 그는 준오의 말을 한 번에 알아듣지 못했다. 회사로부터 이곳 작업이 예상외로 지체됐고, 복직이 되었다 하더라도 어차피 이처럼 긴 시간을 보장받을 수 없었을 거라는 대답을 그는 이미 여러 차례 받은 뒤였다. 그것이 완곡한 거절의 표현이라는 걸 알면서도 그는 인사 담당자에게 거듭 연락을 취했다. 그러면서도 자신이 무엇을 요구할 수 있고 무엇을 어떻게 할 수 있는지 알 수 없었다. 더 이상 할 수 있는 게 하나도 남지 않았다는 생각이 들었고 그때마다 자신이 이제 이 긴 싸움의 마지막에 다다른 게 아닌가 하는 생각이 들었다.

잘 안 들린다. 뭐라고 했어?

그는 심호흡을 했다. 그 순간 이유 없이 가슴이 뛰기 시작했다. 아이는 잠시 머뭇거리다가 다시금 목소리를 키웠다.

합격했다고. 방금 연락 왔어.

차분한 목소리였지만 들뜬 기색을 억누르려고 아이가 몹시 애를 쓰고 있다는 걸 알 수 있었다.

기쁨과 놀라움, 설렘과 흥분은 곧장 그에게로 옮겨 왔

다. 그는 상기된 얼굴로 준오에게 축하한다는 말을 했고 멍한 상태로 할 말을 잃었다가 다시금 같은 말을 반복했다. 누군가 그를 가볍게 공중으로 들어 올려 이리저리 흔들어 대는 것 같았다.

무슨 학과인지 말해야지. 동물자원학부래. 준오 아빠, 듣고 있어? 준오야, 할머니 할아버지한테도 얼른 전화드려. 알았지?

수화기 너머로 해선의 목소리가 들리다가 말다가 했다.

잘했다. 잘했어.

이름을 대면 누구나 알 만한 대학은 아니었다. 그럼에도 준오의 실력으로 갈 만한 대학들 중 상위권이란 이야기를 해선에게 들은 적이 있었다. 그로선 아이가 목표하던 바를 성취했다는 게 대견하고 자랑스러웠다. 짧지만 강렬한 통화는 그렇게 끝이 났다. 문득 세차게 심장을 뛰게 하고 무섭게 피를 돌게 하던 희열도 그렇게 끝이 났다.

#

며칠이 더 지나는 동안에도 그는 인사 담당자를 만나지 못했다. 이틀간 큰 눈이 내렸고 한파가 시작된다는 예보가

있었으므로 인사 담당자는 날씨를 핑계로 차일피일 약속을
미루고 있었다.

그리고 어느 날 밤 그는 방한복으로 온몸을 무장하다
시피 하고 작업 가방을 챙긴 뒤 집을 나섰다. 낮 동안 흩날
리던 눈발은 그쳐 있었다. 사택 앞 천막에는 아무도 없었다.
모두 추위를 피해 잠시 자리를 비운 듯했다.

그는 캄캄하게 얼어붙은 어둠을 가로질러 현장 쪽으로
걷기 시작했다. 여름 내내 소음과 열기로 터져나갈 듯 일렁
이던 좁은 산길은 고요했다. 헤드랜턴을 켜자 앙상해진 나
뭇가지들의 그림자가 또렷해졌고 사람들의 발길과 손길을
견디며 바깥쪽으로 휘어진 채 죽은 길가의 여린 나무들도
분명하게 보였다.

길은 좁아졌고 가팔라졌다.

어쩌자고 여기까지 온 걸까.

그는 생각했다.

당장 몇 주 뒤면 아들이 진학할 대학에 예치금을 내야
했다. 봄이 되면 등록금을 내야 하고 기숙사 비용과 생활비
도 마련해야 할 거였다. 아니, 그가 걱정하는 건 그런 게 아
닐지도 몰랐다. 처음부터 이 길고 긴 싸움을 시작하지 말았
어야 했다는 후회가 들었다. 이런 무모한 싸움이 아니고 다

른 어떤 것에 이처럼 긴 시간과 노력을 쏟았어야 했다는 자책이 밀려왔다. 자신은 처음부터 이런 싸움을 감당할 만한 사람이 아니고, 지금껏 자신이 한 일은 패색이 짙은 이 싸움을 끝없이 유예하면서 다만 지는 것을 미뤄왔을 뿐이라는 생각이 들었다.

이렇게까지 할 필요가 있었을까.

캄캄한 산길을 오르는 동안 그는 아이를 생각했다. 몇 년 뒤면 준오도 자신의 일을 갖게 될 거였다. 그러니까 자신도 모르게 이끌리는 어떤 일을 발견하게 될 거였다. 그리고 그것이 진짜 일이 되는 순간, 얼마나 많은 것들이 달라지는지 알게 될 거였다. 그 일을 지속하기 위해 바라지도 않고 원하지도 않는 일을 계속하면서, 자신이 어떤 사람으로 바뀌어버리는지 깨닫게 될 거였다.

멀리 통신탑의 일부가 보이기 시작했다.

그는 잠시 멈춰 서서 높이와 너비를 가늠할 수 없는 그것을 올려다보았다. 혼자 힘으로는 결코 부서뜨리거나 망가뜨릴 수 없는 철과 쇠로 무장한 거대한 구조물이 그를 내려다보고 있었다. 사람들이 몸을 숨기듯 언급했던 회사라는 것의 실체가 마침내 눈앞에 드러난 것 같았다.

그래, 너로구나. 너였구나.

그는 혼잣말을 하며 거대한 통신탑 바로 아래까지 갔다.

그곳에서 안전모에 끼운 랜턴의 위치를 조정하고 공구 벨트를 찬 다음 통신탑 벽면에 붙은 사다리를 오르기 시작했다. 팔을 뻗을 때마다 전파가 오고 가는 전기 자극이 선명하게 느껴졌다. 불빛이 닿으면 철제 구조물 위에 엷게 덮인 얼음 조각들이 반짝거렸다. 공구의 기다란 손잡이들이 철탑에 부딪힐 때마다 차고 맑은 소리가 났다.

오래도록 그는 몸으로 오는 이런 고된 피로감을 믿었다. 육체가 단련되고 익숙해지는 동안의 시간을 신뢰했다. 그 시간들이 어떤 일을 비로소 자신의 일로 만들어준다는 믿음이 있어서였다. 일하는 동안에는 자신이 더 인간다워진다는 자부가 있었고, 그 자부 안에 함께 성장해온 회사에 대한 애정과 고마움이 깃들어 있었다.

그러므로 그에게 회사는 오래도록 살아 있는 어떤 실체에 가까웠다.

그는 철탑 꼭대기 부근까지 갔다. 성긴 구조물 사이로 밤이 열려 있었다. 열린 밤 너머로 어두운 마을이 내려다보였다. 그는 한 손으로 쥘 수 있을 만큼 작아진 마을을 오래 내려다보았다. 눈을 깜빡일 때마다 시린 바람이 들이쳤다. 그는 안전 버클을 채우고 무게중심을 뒤로 기울인 다음 스패너를 꺼냈다.

하나씩. 천천히.

구조물 양 끝에 여섯 개씩 박힌 볼트와 너트를 모두 분리할 생각이었다.

단단하게 조인 너트는 꿈쩍도 하지 않았다. 맞물린 부분이 얼어붙은 게 틀림없었다. 그는 망치를 꺼내 이음새 부분을 힘껏 내리쳤다. 탕, 탕. 소리가 아주 멀리까지 퍼져나갔다. 그는 너트 위에 스패너를 걸고 이리저리 움직이다가 힘껏 밀어 올렸다. 스패너를 쥔 손에 온 체중을 실었고 힘과 기운을 모두 쏟았다.

그 작은 나사 하나에 자신의 전부를 건 사람 같았다.

한참 만에 꿈쩍도 하지 않던 너트가 탁 하고 돌아가기 시작했다. 그는 다음, 그다음, 또 다음 너트를 분리했다. 이윽고 가로로 반듯하게 매달려 있던 기다란 구조물의 한쪽이 축 늘어졌다. 그는 좌우로 무섭게 흔들리는 구조물이 멈출 때까지 기다렸다가 반대편으로 천천히 이동했다. 추락할지도 모른다는 공포를 이기며 걸음을 옮기는 일은 쉽지 않았다. 그럼에도 모든 게 아주 뚜렷해진 듯했고 홀가분한 기분마저 들었다.

마침내 마지막 열두 번째 너트를 풀었을 때 구조물이

완전히 분리되었고 그것이 추락하기 시작했다.

그는 철탑 지지대에 바짝 붙어 섰다. 발아래 깊이를 알수 없는 어둠이 있었다. 어둠 속으로 가속이 붙은 구조물이 추락하는 기척이 느껴졌다. 구조물이 곧게 서 있는 철탑을 때릴 때마다 쾅쾅 소리가 났고, 그때마다 탑 전체가 위협적으로 흔들렸다.

그리고 한참 만에 그것이 바닥에 내리꽂히는 소리가 저 아래로부터 솟구쳤다.

그 순간 어쩌면 이런 식으로 아주 오랫동안 이 일을 계속할 수 있을 거라는 생각을 그는 했다. 정말이지 이런 식으로. 그동안 자신이 세워 올린 것들을 무너뜨리면서. 이 일을 길게, 아주 길게 이어갈 수 있을 거라는 생각을 그는 하고 있었다.

몇 해 전 통신회사 노동조합을 취재한 적이 있다.

취재라고 하면 거창한 것 같지만 내가 한 일은 그곳에 계신 분들의 이야기를 듣고 그분들의 일상을 짧은 시간 멀찌감치에서 지켜본 게 전부였다.

당시엔 내가 어떤 소설을 쓰게 될지, 쓸 수 있을지 알 수 없었다.

어쩌면 이 소설은 그분들과는 무관한 어떤 이야기일 수도 있겠다는 생각이 든다.

일에 대한 이야기이거나 혹은 일하는 사람에 대한 이야기라고 말할 수 있겠지만 그보다는 그 둘 사이를 채운 어떤 보이지 않는 것에 대한 이야기라고 하는 게 더 적절한 설명이 아닐까 하는 생각도 든다.

소설을 쓰는 동안에는 뭔가를 쓰는 일이 나를 어떻게, 얼마나 바꿔놓을지에 대해 자주 생각했다.

원고를 오래 기다려주고, 함께 읽고 고민해준 김준섭 편집자에게 특별히 고마움을 전하고 싶다. 추천의 말을 써주신 은유 선생님, 책을 출간해주신 한겨레출판에도 깊이 감사드린다.

아울러 이방인이나 다름없는 내게 기꺼이 시간을 내준 이해관 선생님과 송봉철 선생님께도 늦었지만 감사하다는 인사를 드린다.

9번의 일

ⓒ 김혜진 2019

초판 1쇄 발행 2019년 10월 10일
초판 3쇄 발행 2020년 11월 13일

지은이 김혜진
펴낸이 이상훈
편집인 김수영
본부장 정진항
문학팀 김준섭 김수아
마케팅 천용호 조재성 박신영 조은별 노유리
경영지원 정혜진 이송이

펴낸곳 한겨레출판(주) www.hanibook.co.kr
등록 2006년 1월 4일 제313-2006-00003호
주소 서울시 마포구 창전로 70(신수동) 화수목빌딩 5층
전화 02-6383-1602~3 **팩스** 02-6383-1610
대표메일 munhak@hanibook.co.kr

ISBN 979-11-6040-300-8 03810

이 도서의 국립중앙도서관 출판예정도서목록(CIP)은 서지정보유통지원시스템 홈페이지
(http://seoji.nl.go.kr)와 국가자료종합목록 구축시스템(http://kolis-net.nl.go.kr)에서
이용하실 수 있습니다. (CIP제어번호: CIP2019037556)

표지 그림, 최다혜 작 〈조용한 오후〉